少年陰陽師

しょうねん　おんみょうじ

少年陰陽師 貳拾伍

失迷之途

迷いの路をたどりゆけ

結城光流—著　涂愫芸—譯

重要人物介紹

藤原彰子

左大臣藤原道長家的大千金，擁有強大靈力。基於某些因素，半永久性地寄住在安倍家。

小怪

昌浩的最好搭檔，長相可愛，嘴巴卻很毒，態度也很高傲，面臨危機時便會展露出神將本色。

安倍昌浩

十四歲的菜鳥陰陽師，父親是安倍吉昌，母親是露樹，最討厭的話是「那個晴明的孫子」。

六合

十二神將之一的木將，個性沉默寡言。

紅蓮

十二神將的火將騰蛇，化身成小怪跟著昌浩。

爺爺(安倍晴明)

大陰陽師。會用離魂術回到二十多歲的模樣。

朱雀

十二神將之一的火將，使的是柔和的火焰。與天一是戀人。

天一

十二神將之一的土將，是絕世美女，朱雀暱稱她「天貴」。

勾陣

十二神將之一的土將，通天力量僅次於紅蓮，也是個兇將。

太陰

十二神將之一的風將，擅使龍捲風，個性和嘴巴都很好強。

玄武

十二神將之一的水將，個性沉著、冷靜，聲音高亢，外型像小孩子。

青龍

十二神將之一的木將，從很久以前就敵視紅蓮。他有另一個名字「宵藍」。

天后

十二神將之一的水將，個性溫柔，但有潔癖，厭惡不正當的行為。

白虎

十二神將之一的風將，外表精悍。很會教訓人，太陰最怕他。

風音

道反大神的愛女。以前她曾想殺了晴明，現在則竭盡全力幫助昌浩。

益荒

隨侍在齋身旁的神秘年輕人。

齋

一心等待著公主到來的物忌童女。

安倍昌親

昌浩的二哥，是陰陽寮的天文生。

我在於天、在於地、在於人。

我在於木、在於火、在於土、在於金、在於水。

我在於所有生物，掌管生命之氣息。

我是天御中主神。

等同於原始之光。

1

因為太痛苦，所以不願面對。
然而，無法永遠不去面對。

✦ ✦ ✦

雨聲中，隱約傳來鳥鳴聲。
昏昏沉沉地打著瞌睡而左右搖晃的彰子，猛地睜開了眼。
「啊……」
她吁地喘口氣。
自己竟然在不知不覺中睡著了。
門窗緊閉，所以外面的光線照不進來，不知道現在幾點了。

雖然烏雲滿天，根本看不見太陽升到多高，但陽光還是可以當成判斷時間的大約依據。

想知道時間的話，大可稍微打開窗戶來看，可是她實在不想站起來，她把從肩頭滑落的外衣拉上來，又垂下了頭。

昨夜發生了太多事，讓她難以相信可以平安地迎接早晨。

像在確認是否真實似的，她環抱雙臂，回想著昨晚的事。

自己和內親王脩子竟然都沒事，簡直就是奇蹟。

躺在床上的脩子，身體稍微動了一下。多虧有被她的小小手臂緊緊抱住的黑色烏鴉，她才能平安無事地待在這裡。

彰子有股衝動想上前去撫摸那隻烏鴉，但怕吵醒它，就把伸出去的手又縮了回來。

她發現伸出去的手有些顫抖，趕緊深呼吸，讓自己鎮定下來。

她輕撫著左手腕上的瑪瑙手環，再低下頭，透過衣服，抓住掛在胸前的香包。

——彰子，有爺爺陪在妳身邊，妳不會有事的。

抓著香包的手微微顫動著。

不、不，還是會有事！

當最需要救援時，她最想抓住的只有獨一無二的那雙手，而不是一起來到這裡的大陰陽師、有道反大神血脈的女子或十二神將。

每次當彰子陷入險境時，來救她的都是昌浩；不是安倍晴明，而是他的小孫子昌浩。

竟然在這時候，才想到這樣的事。

彰子一次又一次地深呼吸，緩和激動的情緒。

現在的自己，精神非常不穩定，昨晚才發生那樣的大事件，這也難免。得讓自己冷靜下來才行，身旁的人若驚慌失措，很可能對公主造成不好的影響。

雨依然下著，早已聽慣了雨聲。

彰子聽著淅瀝淅瀝的雨聲，不停地深呼吸，試著讓心跳平緩下來。

《彰子小姐，妳醒了？》

有聲音在很近的地方響起。彰子立刻張開眼睛，神將太陰現身了。

使用通天力量飄浮在半空中的她，一頭棕髮輕輕搖曳著。

降低到視線跟坐著的彰子同高度後，太陰疑惑地皺眉，同時微傾著頭，嘴巴撇成了ㄟ字形。

「妳的臉色好差，看起來很煩惱。」

「咦……」

彰子不由得伸手摸臉，太陰深深嘆了一口氣。

「我就說妳最好躺著休息嘛！妳就是不聽我的話。」

看到太陰嘟著嘴的模樣，彰子淡淡地苦笑起來。

「我擔心公主啊……」

「這種時候，把她交給風音就行了，因為風音是公主的貼身侍女。」

彰子對環抱雙臂的太陰搖搖頭說：

「不，風音姊……不對，雲居姊也累了，我能做的事，就由我來做。」

為了避免平常不小心叫出風音的真名，她又重說了一次。她知道，風音在宮中的名字是「雲居」。

太陰很想說什麼，但又嚥回去了。

彰子就是這樣，每次都說自己能做的事就自己做。前幾天，太陰終於知道她這麼堅持的理由了，知道之後，太陰對她這樣的表現更無法釋懷，很希望她可以不要對自己這麼嚴厲。

想替對方做點什麼，是很好的事。如果不是出於責任感，而是打從心底真的想那麼做，就更好了。

聽說彰子的內心也有創傷。要是可以封住傷口，讓她的愧疚感消失，她是不是就會真的打從心底那麼想了呢？

太陰悄悄嘆了口氣。身為神將的自己，其實並不了解人類的這種心情。人類這種生物的心，運作非常複雜奇怪，也因此特別耐人尋味。

這種時候，如果勾陣在就好了，太陰在心中這麼叨唸著，因為她真的不知道該對如此愧疚的彰子說些什麼。勾陣很會應付這種場面，也知道該注意哪些地方，應該多多少少可以減輕彰子的心理負擔。

然而，事實是勾陣不在這裡，太陰必須做她所能做的事。

「卯時才剛過一半，有我在，妳可以稍微睡一下。」

「可是……」

「沒關係……我是神將，不需要特別休息。小姐是人類，該休息的時候就要休息。」

太陰說得斬釘截鐵，彰子只好順從地嘆口氣。

她在脩子身旁躺了下來，把外衣拉到頸部，閉上了眼睛。

但是心情太過激動了，沒辦法入睡。

雨繼續在下著。

太陰在兩個女孩的枕邊落地，抱著膝蓋，把下巴放在膝蓋上。神將不必特別睡覺，但當精神太過緊繃時還是會累的，不過，她現在不能顯露出來。

風音、六合和晴明現在都繃緊了全副精神，不曾闔過眼。

隨時做好準備，當敵人再度發動攻擊時，就可以迅速應戰。

「呃，太陰……」

太陰眨眨眼睛。

閉著眼睛、躺在床上的彰子平靜地接著說：

「我想……跟昌浩分開一段時間比較好。」

太陰微微張大眼睛，聽著彰子慢慢訴說。

「我想這樣最好，真的。」

待在他身旁好難過，看見他傷心的臉好難過，而最難過的是，看著他勉強裝出來的笑容。

真的、真的很難過，難過自己待在昌浩身旁，會將他逼入絕境。

所以她答應去伊勢，因為她需要時間、需要離開昌浩，讓自己冷靜下來。

離開之後，才察覺一件事。

「我以為有我在，會把昌浩逼入絕境。」

「小姐，妳……」

太陰正要說什麼，仍然閉著眼睛的彰子打斷了她，又接著說：

「事實上並不是那樣，是我自己難過，覺得待在昌浩身旁很痛苦……難過、痛苦的不是昌浩，而是我……所以我逃來了伊勢。」

說是為了對方，其實是為了自己。

因為太痛苦、害怕看清事實，所以不願去面對。即使到了現在這個局面，也只想保護自己的自尊，而不是保護對方。

「……」

太陰沒想到會從彰子口中聽到這樣的話，大感驚訝。

看到太陰啞然無言，彰子淡淡地接著說：

「明明……明明是我自己逃走了……」

彰子的聲音開始顫抖。

這時太陰才知道，彰子不是在說給她聽，而是在說給自己聽。

「當生命受到威脅時，想的卻又是昌浩……！」

彰子再也忍不住激動，掩面哭泣。

「我是真的不想成為他的絆腳石，可是，希望他來救我也是真的，雖然知道他不在我身邊，我還是……」

——我會保護妳，即使分隔兩地，或再也見不到面，我也會保護妳。

一年前的某個冬日，隔著竹簾聽到的那個誓言，至今仍深深刻劃在彰子心底，絲毫未變。

然而，從另一方面來想，那個誓言也困住了昌浩的心。

就是以為再也見不到面，他才會許下那樣的承諾。

也因為如此，彰子才覺得是自己把昌浩逼入了絕境。

她一直希望可以做自己能做的事，就是想找到自己的容身之處；不想成為昌浩的絆腳石，就是希望找到可以待在那個地方的理由。

在異邦妖魔的控制下，她刺傷了昌浩。這件事成為她內心的創傷，她卻始終不敢面對，所以就不去面對，只是拚命尋找其他可以說服自己的理由。

「我怕他們會討厭我……」

怕昌浩、晴明和安倍家的人會討厭我。

聽到這些話，太陰不知該說什麼才好。

「咦……？」

為什麼她會這麼想呢？

昌浩那麼珍惜她，晴明也是。她是違反了天意的左大臣家第一千金，大家只會同情她，怎麼可能討厭她。吉昌夫婦也一樣。露樹的確不知道詳情，但既然是晴明帶回家的，她應該也猜得到背後有難言之隱。而且為了融入安倍家，彰子也做了令人感動落淚的努力，神將們都把這些看在眼裡，對她頗有好感。

太陰實在無法理解，她怎麼會有這樣的想法？

然而，彰子真的是這麼想，她所說的聽起來就像肺腑之言。由於她是真的這麼想，才會一直都那麼拚命地努力吧？

「因為怕大家討厭我，所以我才那麼努力。努力再努力，希望不要成為大家的負擔，不要成為大家的絆腳石。」

不是為了任何人，都是為了自己。

「可是，我無論如何還是會想依賴昌浩，我很受不了這樣的自己……」

掩面哭泣的彰子說到這裡就打住了。

太陰驚慌得手足無措。

只有自己聽到彰子的這段告白，她總覺得應該說些什麼。警鐘在她腦海某處作響，警告她現在起碼要開口表示點什麼，不然彰子很可能會愈來愈鑽牛角尖。

可是，要說什麼呢？太陰並不了解彰子的心，追根究柢，就是不了解所謂人類的心。

晴明應該會了解吧？不在這裡的勾陣，應該也比自己更能看透彰子的心境。

這種時候，為什麼偏偏只有自己在這裡呢？

驚慌失措的太陰忽然聽到稚嫩的聲音。

「跟妳說哦……」

沉睡中的脩子恍惚地張開了眼睛，讓太陰嚇一大跳。

幼小的皇女望著天花板，斷斷續續地說：

「有人會來接我……他們來了，我就跟他們走……」

「接妳？」

太陰不由得張大眼睛反問，脩子沒有回應，只是半睡半醒地接著說：

「我不是因為被召喚才要去……是因為我自己決定要去……」

脩子說完這些話，就輕輕地閉上了眼睛，發出規律的鼾聲。

太陰仔細觀察著脩子的臉。

脩子睡得很沉，剛才應該不是醒過來，只是在說夢話。

可是，也未免說得太清楚了。

盯著脩子看的太陰，發現掩面哭泣的彰子有了新的動靜，趕緊把視線轉向了她。

彰子滿臉驚訝地看著自己的手，看到連眼睛都忘了眨。

「彰子小姐？」

聽到太陰的輕聲叫喚，彰子喃喃訴說著：

「我不是因為被召喚才來的……」

是因為我決定要來，所以來了。

想藉此逃避是真的，因為想替自己取得正當理由。但是，希望自己能幫得上忙也是真的，她下定決心，只要遠離京城的內親王需要她同行，她就去。

淚珠自彰子的眼角滑落。

「……」

雨還在下著，太陰彷彿聽到一陣嘆息在雨聲中散開來。

默默流著淚的彰子，過了好一會後才平靜地開口說：

「是我自己決定離開他的。」

「嗯。」

「可是，我又想見他。」

「嗯……」

「明明待在他身旁會很難過，我還是想見到他。」

「嗯……」

她知道自己很矛盾。

這樣的自己，說不定會被討厭。

看著昌浩的臉，她覺得難過；目送昌浩受到傷害的背影離去，也讓她覺得難過。真正、真正痛苦的是自己，遠超過她所猜想的昌浩的痛苦。

然而，現在她卻迫切地想見到他，純粹就是想見到他。

彰子閉上眼睛，重複說著：

「我想見到昌浩……」

風音坐在脩子與彰子的房門外，六合隱形坐在她身旁。

風音的聽力很好，神將與彰子在房內的談話，她不想聽也聽見了。

神將太陰有多慌張，她不用看也知道。

風音閉上眼睛，緊緊握起了拳頭。

人類複雜的心思、曲折矛盾的想法，十二神將要花不少時間才能理解。神將們雖居眾神之末，但畢竟還是神，沒有像人類那麼纖細的心思。這不能怪十二神將，因為他們與生俱來就是這樣。

風音沉下臉，六合一看見便現身了。

他單腳跪在風音身旁，伸手摸著她被頭髮遮住的臉龐。

風音眨了一下眼睛，抬起雙眼，沉靜地看著六合黃褐色的眼眸。

「我還以為妳在哭。」

聽到他短短一句沒有抑揚頓挫的話，風音微微一笑，搖了搖頭。

「沒有……只是想起了一件事。」

「什麼事？」

「我覺得必須向騰蛇道歉時的事。」

她覺得必須見騰蛇、必須面對這件事，但同時卻又想逃開。

當時，她踩著顫抖的腳步走向了騰蛇。不知道提起多大的勇氣，才能對著絕不會轉身看她一眼的背影說話。

害怕被討厭、拚命尋找自己的容身之處，這種感覺，風音也有過。

「可以問你一件事嗎？」

聽風音這麼問，六合默默地催她說下去。因為他臉上沒什麼表情，所以這時僅有的些微眼眸閃動看起來特別清楚。

「彩輝，如果我為了不被討厭而強迫自己去做些什麼，你會怎麼想？」

風音嫣然一笑。是的，自己內心也懷有像彰子那樣的情感。恐怕，凡是人類都會有，儘管自己身上只流著一半人類的血。

六合沉思了一會，淡然地說：

「如果妳認為妳不強迫自己去做些什麼，我就會討厭妳，那麼……」

說到這裡，他皺起了眉頭，看來是在想該怎麼說才好。

「你會不高興？」

「不，」六合立刻否定了，眨眨眼說：「應該……會覺得失落吧……」

風音瞇起了眼睛，很訝異他竟然不是懊惱、不是悲傷、不是煩躁，而是失落。

如果害怕被討厭，就是不信任對方，懷疑對方展現出來的表情、動作和心思。

風音將手疊放在六合的手上，閉上眼睛說：

「沒錯……會覺得失落。得不到對方的信任，會有失落感……因為自己是全心全意地珍惜著對方。」

她想起了安倍晴明的接班人昌浩。

彰子害怕被他討厭，可見他在彰子的心中非常重要，是無可取代的人，所以彰子才會這麼害怕。

自己也一樣，如果被眼前這個男人推開，應該會徹底絕望吧！

但是，因為相信他絕不會把自己推開，所以可以將整顆心都託付給他，然後，進一步希望他也能把他的心託付給自己。

為了騰蛇，昌浩連命都不要了。為了彰子，他一定也會做同樣的事，而彰子也為了昌浩，把自己逼到了這樣的困境。

明明彼此都這麼珍惜對方，卻因此被自己的心困住了，看不見最重要的部分。

「我能教她什麼嗎？」

風音喃喃低語，六合沒有回答，只是像對待孩子般輕輕敲一下她的頭。

她苦笑著聳了聳肩。有時候，六合真的很笨拙。

關於昌浩的事，她也聽說了。昌浩和彰子現在都鑽進了死胡同裡，不曉得如何處理自己的情感，飽受折磨。他們只能靠自己走出來，但是恐怕要有人拉他們一把。

現在，自己就在彰子身旁。關於彰子的心事，六合斷斷續續地跟她提過，她認為六合把這些事告訴她，是因為神將們和晴明都無法對彰子的心情有所幫助，所以希望她伸出援手。

也可能不是這樣。人只能靠既有的經驗來臆測對方的想法，如果對方擁有的是自己不曾有過的經驗，就很難正確推測對方在想什麼。

不過，假如推測錯誤，對方應該會給予指正。既然對方什麼都沒說，就表示大致上沒有問題。

「希望我能幫得上忙。」

若只看這句話的表面意思，就是彰子常掛在嘴上的話，其實話中蘊涵的意義並不相同。彰子如果能理解這一點，就可以走出迷宮了。

風音突然眨了眨眼睛，她聽到有微弱的腳步聲接近。

六合轉過身，站了起來。

有人從轉角處彎過來了。

「晴明大人。」

晴明走過來，交互看著坐著的風音與站在她身旁的六合。

「我來看看公主她們怎麼樣了。」

風音發現向他們走來的晴明眼神有些疲憊，不安地皺起了眉頭。

「她們兩人都在休息。」

房裡有神將太陰陪伴，還有烏鴉嵬在，而且佈下了好幾層結界，絕對無法入侵。即使遭到實體攻擊，也可以拖延一段時間。

關於「虛空眾」這個神秘團體，風音還沒有找到任何線索。

晴明深深嘆口氣，在風音與六合面前坐下來，他的臉色看起來有些憔悴。

「晴明大人，這裡就交給我們，您去休息吧！」

風音對晴明說。他搖了搖頭。

「我怎麼可以讓道反的公主值勤，自己跑去休息呢？要是被那位小小守護妖知道的話，會鬧得不可開交吧！」

「我不會讓它那麼做。」

「我想它也不會對我說什麼，但是……」

晴明稍作停頓，瞥了式神一眼，看到神將的眼眸中帶著淡淡的疲憊。

「它是不會對我或妳說什麼，但是，會把所有的鬱悶和憤怒都發洩在這個人身上。」

風音為之語塞，完全無法反駁。

晴明咯咯淺笑，雙臂環抱胸前說：

「磯部他們好像也都繃緊了神經，絲毫不敢鬆懈，即使躺下來休息，但只要聽到一

點聲音，就會嚇得發抖。」

可以看得出來，他們很想盡快趕到伊勢。

晴明想起磯部守直說過，進了伊勢就不會有危險了。

隱形的太陰滿臉沮喪地落在兩人身旁。

「太陰？」

晴明訝異地眨了眨眼睛。太陰表情複雜地說：

「晴明，我想問你一件事。」

「嗯？」

晴明疑惑地微傾著頭。太陰抑鬱地說：

「我很喜歡彰子小姐。」

「嗯……我想也是。」

慢了半拍才回應，是因為這句話出乎晴明意料之外。

由於不知道太陰想說什麼，所以晴明瞪大了眼睛等她說下去。太陰把眉頭一皺，比手畫腳地說了起來。

「我還以為她很了解我們，她卻說很怕我們會討厭她。為什麼她會這麼想呢？為什麼她覺得我們可能會討厭她呢？是我們害她這麼想的嗎？怎麼樣才能告訴她，沒有那種事呢？」

「彰子這麼跟妳說的嗎？」

「是啊……她說怕我們會討厭她。」

太陰的表情扭成一團，低下了頭。

「她為什麼會那麼想呢……」

低著頭握緊拳頭的太陰顫抖著肩膀。

「太陰。」

「晴明，我好懊惱。」

「嗯。」

「我不知道為什麼我們會讓她這麼想。」

「嗯。」

「我好懊惱找不到答案……」

晴明伸出手，撫摸著外貌幼小的神將的頭。太陰無力地坐下來，緊握著拳頭放在膝上。

她好懊惱找不到答案，好懊惱會讓彰子這麼想。

更糟的是，彰子這麼想，讓她有種失落感。

「我覺得我可以理解她的心情……」

太陰低著頭，吞吞吐吐地說：

「昌浩跟彰子小姐都在壓抑自己，所以才會把自己逼入困境，感到那麼痛苦。」

晴明眨眨眼睛，微微一笑說：

「沒錯，太陰說得對。」

「他們不用那麼壓抑啊！」

「嗯。」

上進、關懷和體貼的心是必要的，但是若太多或太少，反而會變成綁手綁腳的枷鎖，甚至成了壓垮自己的重擔。

「昌浩和彰子小姐只要維持他們原來的樣子就行了啊！」

然而，他們就是不知道，才會那麼痛苦。

太陰現在才覺得，自己好像找到昌浩他們內心痛苦的根源了。

2

到辰時了。

磯部守直穿戴整齊後，去脩子她們附近的房間找晴明。

「晴明大人，昨晚謝謝您。」

守直雙手扶地，恭恭敬敬地行跪拜禮。晴明搖搖頭說：

「不，要謝的話，就謝我的式神們。」

十二神將通常隱形，看不見他們。就某方面來說，可以看到他們現身作戰的模樣算是幸運的。

「那是因為有晴明大人在吧？有晴明大人下令，式神才會為了保護我們而行動吧？」

晴明苦笑地搖著頭。的確，也不能斬釘截鐵地說沒這種事。

若沒有晴明的命令，十二神將就不會出手協助跟他們沒有關係的人類，而且會貫徹到底。

這就是神的自尊吧！

「等一下我會去看看公主她們的狀況，儘可能早點出發。」

守直的話令晴明大感訝異。

「你說什麼？」

「時間分秒必爭，要趕快越過邊界，進入伊勢。」

「等等，守直大人。」

晴明舉起手想發表意見，但是守直又搶著說：

「沒有時間了，只要進入伊勢，就有神的保護，為了公主，也必須……」

「守直大人。」

晴明的語氣嚴肅，守直不得不停頓下來。

晴明表情嚴厲地看著伊勢齋宮寮的官員。

「你為什麼這麼急？我當然知道公主愈快進入伊勢愈好，可是昨天才發生了那種事，想必公主現在還驚魂未定，這麼急著催她們上路，會不會太苛刻了？公主才五歲，

年紀還很小啊！」

守直的臉色一沉。

他抿著嘴思考一會後，皺著眉低下了頭。看到他還想說什麼的樣子，晴明平靜地說：「可以問你一件事嗎？」

「什麼事？」

「昨天晚上，垂水的臨時住所遭到攻擊，那些被稱為『虛空眾』的人到底是什麼來歷？」

守直的肩膀顫動了一下。

「在我看來，你好像早就知道那些人會發動攻擊。不只虛空眾，如果你也認識那個叫益荒的年輕人，還有冒充侍女、名叫阿曇的白髮女人，也請告訴我他們是什麼人。」

晴明的語調很平淡，卻聽得出毫不妥協的意味。如果守直現在不回答，這位曠世大陰陽師恐怕就不會離開臨時住所半步。

「……」

守直猶豫了好一會，最後，希望盡快將內親王帶到伊勢的使命感戰勝了種種疑慮。

他放棄地嘆口氣，小心確認過四下無人後，在晴明面前端正坐姿說：
「我現在要告訴您的事，在伊勢的磯部氏族中也只有一小部分人知道，所以請千萬不要說出去。」
「我手下的式神們都隱形待在一旁，沒關係吧？」
守直聳聳肩說：
「只要您轉告他們不能說出去就行了。」
既然主人晴明下了命令，他們應該就不會隨便說出去。
這麼下定論後，守直又小心地觀察背後的狀況。
「你真的很謹慎呢！」
晴明讚歎地說，守直尷尬地笑笑。
「因為這是連在神宮工作的神官都不知道的秘密。」
晴明驚訝得瞪大了眼睛。
他萬萬沒想到事情這麼嚴重。
到底該不該聽呢？這時候，疑問湧上了心頭。

「晴明大人？」

守直疑惑地看著他。晴明向守直確認：

「我真的可以聽嗎？」

「可以，因為您是陰陽師。當了陰陽師，就會有很多死也不能告訴他人的事吧？只要您把這件事同樣列為機密就行了。」

晴明默默點點頭。既然對方這麼理解，他也不必再多說什麼了。

陰陽師所經歷過的，有大半都不能告訴他人，必須鎖在內心深處直接帶到冥府的事，多到數也數不清。

「老實說……」

守直正要開口時，被晴明打斷了。

「請等一下。」

晴明結印，口中輕唸咒文。

沒多久，只圍繞著他們兩人的結界就完成了。

可能是察覺到這樣的動靜，守直四下張望。

「這樣就沒人會聽見了。」

「原來如此。」

守直佩服地瞇起眼睛，正襟危坐。

「昨天來攻擊我們的虛空眾，是很久以前就存在的戰鬥團體。」

晴明點點頭。

回想起來，這是他第一次與守直單獨面對面談話。以往通常是大中臣春清陪在他身邊，而守直則大多陪在公主身旁，所以他們兩人幾乎沒什麼機會接觸。

「晴明大人，有座漂浮在伊勢海上的小島，您聽說過嗎？」

「伊勢海上的小島？」

守直點點頭，又往背後看。他的小心謹慎恐怕已經成為慣性，即使大腦知道沒人聽得見，還是會下意識地防範。

可見事情真的很重大。

晴明擁有龐大的知識，也有這樣的自負，但絕不認為自己知道世上所有的事。還有很多他不曉得的部分。如果不知道還有自己不曉得的事，就會驕矜自喜；而如果認為自

己什麼都會、什麼都明白，就只能說是傲慢了。
回顧過去，晴明在年輕的時候，也從不認為自己什麼都知道。那麼，是否意味著他很謙虛呢？那倒也不是，純粹只是因為他對什麼事都沒多大興趣。
「那座小島叫海津島，島上有座秘密神宮。」
「秘密神宮？」
「是的。」
守直在往下說之前，又猶豫了一下，晴明默默等著他開口。
「那座可以稱為『影伊勢』的神宮，叫海津見宮。」
連晴明都一臉茫然。
「影伊勢？」
他喃喃地重複著。
如果是「元伊勢」，晴明就知道。天照大御神被供奉在現在的神宮前，曾經輾轉待過很多地方，而每次天照大御神短暫停留的地方就稱為「元伊勢」。
「跟元伊勢不一樣嗎？」

晴明謹慎地確認。守直嚴肅地點點頭說：

「是的，當然不一樣。『影伊勢』不過是相對於伊勢神宮，近幾年所創造出來的臨時名稱，意味著這座神宮像是伊勢神宮的影子。」

像影子般的神宮。

被供奉在伊勢的，是這個國家最高位的神明——天照大御神。而被拿來與祭祀這位大神的神宮相比的「影神宮」，究竟是怎麼樣的神宮呢？

「在伊勢神宮，也只有少數人知道海津見宮，這只在磯部的直系氏族中流傳。」

自古以來，磯部氏族都是擔任神官職務，歷史遠比著名的伊勢神宮荒木田氏族、度會氏族都還悠久。

「海津見宮有從度會氏族分出去的人，不過，是在很久以前就分出去了，血緣關係已經很淡，淡到幾乎不能稱為血親了。」

晴明困惑地皺起了眉頭。在封閉的小島上沒有其他選擇，只能近親通婚，血緣不是會愈來愈近嗎？

守直可能是從晴明臉上看出他在想什麼，搖搖頭說：

「在海津島，嚴格禁止近親通婚，所以不必擔心。必要時，我們在神宮裡工作的族人會送人去海津島。」

守直說到這裡，眼神中浮現一抹憂鬱。晴明注意到了，但那樣的神色很快便淡去了，所以晴明也沒去碰觸這件事。

「有神會降臨島上哦！晴明大人。」

晴明驚訝地問：

「真的嗎？」

聽晴明這麼反問，這個大約三十歲的男人正經八百地說：

「是的，比天照大御神更上位的神。」

「比天照更高位？」

晴明太驚訝了，目不轉睛地盯著守直。

他的年紀應該和自己的孫子成親差不多。出發前，晴明跟他聊過天，如果沒記錯，好像就是同年紀。

成親經歷過很多事，所以有著與年齡不符的威嚴。守直也毫不遜色，有某種氛圍讓他看起來比實際年紀更成熟。

晴明忽然想到，他會不會是有什麼隱情？

守直淡淡地接著說：

「那是座有神降臨、有神坐鎮的小島。只是被朝廷派來神宮從事公職的神官們，當然都不知道這座小島的存在。我們也不打算張揚這件事，若傳出去的話，伊勢神宮的權威就會掃地。」

語氣雖然平淡，說出口的話卻十分驚人，連晴明都覺得背脊發涼。

「這場雨連天照大御神都阻止不了，就是因為與更上位的神有關。」

「等一下，守直大人。」

晴明舉起手打斷守直。這件事太令人震撼了，他覺得腦中一片空白。

守直說的話一點都不假，也沒有錯。

聽了這番話，晴明茅塞頓開。那種感覺並非來自大腦，就像是靈魂深處的拼圖在瞬間完成了。

只要是頭腦清晰靈活的人，都會有這樣的感覺。

有人說，陰陽師的直覺特別敏銳，其實不然，只要集中精神，誰都可能有同樣的敏銳度。陰陽師只是知道如何集中精神，並且每天都做這樣的事。

並不是刻意隱瞞，只是若沒人問起，他們就不會特別提起。陰陽寮應該有這樣的課程，但是能不能學以致用，其間的差距會顯現在實力上。

陰陽生藤原敏次沒有與生俱來的靈視能力，但他能學以致用，又會自己鑽研，精益求精，所以雖是藤原一族，卻也能擁有現在的實力。

生在安倍家的人，從懵懂無知時就開始打基礎了。對安倍家來說，這是非常理所當然的事，所以不會特別提起。

三次深呼吸後，晴明才讓自己冷靜下來。

「對不起……」

「沒關係，這些話太唐突，也難怪您會這麼吃驚，連神祇大副都不知道這件事。」

晴明瞠目結舌。

「那麼……」

「也不會告訴神祇伯①，全京城只有皇上知道。」

「……」

看到老人的臉上逐漸失去血色，守直苦笑著說：

「沒想到晴明大人也會被嚇到。」

既是與政治中樞息息相關的陰陽師，想必見過多不勝數的背後世界，這些埋藏在他心底深處的事恐怕更嚇人，只要隨便說出一件，都可能毀了這個國家。

聽了守直的想法，仍一臉蒼白的晴明淡淡笑著說：

「你還真清楚呢……」

「因為就這方面來看，磯部氏族也可以說是承擔了『黑暗』的部分。」

守直的臉上增添了幾分嚴厲的神色，但瞬間就消失不見了。

說到黑暗部分時，擁有這種隱情的人，通常會露出與平時完全不同的表情。

「人們幾乎都不知道，天照大御神其實並不是高天原最大的神。大御神是皇祖神、是太陽神，更是服侍這世界最高神明的女巫神。」

氏族血脈自古以來便在伊勢綿延相傳的這個男人，平靜地笑著。

「那個神是……」

是天照大御神誕生之前的神。

「你應該知道吧？就是天御中主神。」

「……！」

晴明的確知道，可是他作夢也想不到這件事會扯到天御中主神。

開天闢地沒多久，天御中主神就出現了。祂是最原始的神，幾乎就是這個世界本身。

據說，別的國家也有其他名字、地位相同的神，但那很可能是同一個神，只是稱呼不一樣。

「身為女巫神的天照大御神所下的神旨，主要是把天御中主神的旨意傳達給人們。天御中主神的神格太過高貴，所以很少會在我們面前顯示神威。」

眾神居住的高天原並沒有天御中主神的存在，因為祂存在於天地萬物之中。

「在我們氏族代代相傳的神明祭文中記載——我在於天、在於地、在於人。」

我在於木、在於火、在於土、在於金、在於水，在於所有生物，掌管生命之氣息。

我是天御中主神，等同於原始之光。

神的名字就是神咒，而神咒又是最短的咒文，「天照大御神」被稱為「十言神咒」。②

「神的地位愈高、等級愈高，名字裡的神威就愈強大，『天御中主神』的神咒遠遠超越『天照大御神』。」

據說只要連誦三次這個神名，凡是與黑暗相關的對象、災禍及帶有魔性的東西，全都會屈服或被驅逐。

「……」

晴明默默地點頭贊同。

譬如，貴船祭神高龗神的名字就是具有強大力量的言靈。只要錯一個字，言靈就會失去效力，所以絕不能搞錯。

貴船祭神允許晴明和昌浩稱祂為「高淤」。通常，神都不喜歡名字被改變，高龗神卻應許他們特別的稱呼，這件事意義深遠。

「伊勢神宮祭祀的是高天原最高神明，也就是皇祖神，而海津島的海津見宮，祭祀的是女巫神『天照大御神』以及主祭神『天御中主神』。」

守直稍作停頓，嘆了一口氣。

雖說是不得不透露這樁秘密，但他還是有罪惡感。

一個深呼吸後，守直端正了坐姿。

「會把內親王脩子帶去伊勢，其實不只是因為神旨。」

「你說什麼？」這句意想不到的話讓晴明瞠目結舌。「天照的神詔不是你帶來的嗎？你說根據神的指示，必須將依附體帶去，這個國家才能重見陽光。」

「是的，的確是。」守直鄭重地點著頭，輕輕垂下視線說：「那的確是神詔的指示。雖然事出突然，只有一個命婦聽見，但是不會有錯。」

當神附身於女巫、下達神諭時，需要審神者確認真假，這原本是由神宮的神職人員擔任，但這次神詔下達的地點是在齋宮寮的齋王寢室，只有照顧齋王起居的命婦聽到。

因此，他們特別要求卜部的人徹底占卜。

根據龜卜，此事屬實，神詔的確是天照大御神下達的。

「磯部氏族的長老是我祖父，他在下令將公主帶往伊勢神宮的同時，還交代我千萬不可以讓公主落入『島上度會』的手中。」

為了與伊勢的度會氏族區分，磯部氏族把住在海津島上的度會氏族稱為「島上度會」。

「祖父說，一旦落入他們手中，沉睡在地底下的龍就會暴動……」

據守直說，那是磯部長老自己做的占卜。

「『島上度會』向來是想怎麼做就怎麼做，在他們眼裡，皇上也只不過是『女巫神的後裔』。『島上度會』想奪走皇家的公主。」

「為什麼？」

對於晴明的疑問，守直搖搖頭說：

「我們也不知道他們真正的目的。」

守直的視線瞬間游移了一下，晴明清楚看見了。

「真的不知道嗎？守直大人。」

晴明平心靜氣地問。守直眨了一下眼睛說：

「『島上度會』在想什麼，只有他們自己才知道。」

晴明憑直覺判斷守直並沒有說實話，他隱瞞了什麼。

海津見宮祭祀著身為女巫神的「天照大御神」與祂的主人「天御中主神」。

女巫的使命是傳達神的語言，而天御中主神的女巫是天照大御神。

有個聲音在晴明心底響起，告訴他有些事情被忽略掉了，而且與守直不願明說的真相有關。

在這種狀態下，即使守直要求盡早出發，晴明也不能同意。

最優先事項是脩子的安全。當今皇上低下頭再三拜託晴明，將脩子託付給他，所以他必須負起責任。

天照大御神的神詔是經由齋王傳達，因為齋王的職責就是擔任女巫。

居最高地位的天御中主神很少顯現神威，那麼，是誰替祂傳達神威呢？

一想到這點，晴明大腦裡的迷霧終於煙消雲散。

「守直大人，可以請教你一件事嗎？」

「什麼事？」

「是由誰聆聽天御中主神的神詔？」

顯而易見的驚慌在守直臉上蔓延開來。

伊勢有齋王。

度會氏族雖是神職人員，但不是女巫，守直從頭到尾都沒提到「女巫」兩個字。

神宮一定有女巫。聆聽神的話語，是純潔無瑕的女巫的職責，男性很難聽得到神的話語。

守直的眼神飄忽不定，似乎在想該怎麼回答。

默默數著時間好一會後，晴明看到磯部氏族的直系族人守直閉上了眼睛。

「長老們都說要小心防備晴明，現在我總算知道是什麼意思了。」

伴隨著嘆息的這番話惹惱了晴明。

「怎麼這麼說呢?!」

晴明瞇起眼睛嘟囔著。守直反將他一軍說：

「聽說您以前讓他們吃過不少苦頭，可是他們的口風都很緊，不肯告訴我發生過什麼事。究竟是怎麼一回事？」

被守直逼問往事，換晴明開始模糊焦點。

「其實也沒什麼好說的……」

守直瞪視著晴明，一副不相信的樣子。
然而，就算被一個頂多三十歲的小夥子瞪得再狠，晴明也不為所動，老神在在地隨便他瞪。
這樣沉默了一會之後，守直終於嘆口氣，開口說話了，因為再耗下去只是浪費時間。
「晴明大人，您說得沒錯，海津見宮也有侍奉天御中主神的女巫。身為天御中主神女巫的天照大御神，會附身在她身上。」
神聖不可侵犯的女巫，每天都向天御中主神祈禱，向支撐這個國家的神祈禱。

辰時已經過了四分之一。
風音在脩子的房外待命，一隻黑色烏鴉喀喀喀地走到她面前。
「公主，妳待在這種地方一定很累，快進去吧！」
嵬啪吵張開了一邊的翅膀。風音微笑著搖搖頭說：
「我沒事，公主她們還在睡嗎？」
一聽最心愛的公主這麼問，烏鴉馬上用力點頭說：

「不知道是不是太疲倦了，睡得好沉，所以我才能從她懷裡溜出來，可是……」烏鴉頓了一下，轉過身說：「公主……」

「怎麼了？」

嵬似乎很擔心睡在屏風內的兩個女孩。

「嵬？」

烏鴉沉默了一會，才緩緩地開口說：

「我聽到那個女孩說的話了。」

風音很確定它說的是什麼，因為它一直待在沉睡著的脩子懷中。

「我是道反的守護妖，所以很難理解人類的心境……」

那女孩流著淚，一次又一次地重複說著，悲痛的聲音讓嵬留下非常深刻的印象。

「既然那麼想見他，跟著感覺走就好了嘛！」

以前，烏鴉曾經被封住聲音、封住言語，即使知道所有事，即使待在風音身旁，也什麼都不能說。

「她明明知道自己想要什麼，明明哭得很傷心，為什麼不去做呢？我實在不明白，公主。」

風音伸出手，抱起了烏鴉。

她把全黑的烏鴉放在膝上，從脖子到背部輕輕撫摸著它烏亮的羽毛。

嵬陶醉地閉上了眼睛。風音的手指是嵬的寶物，她從以前就經常這樣撫摸它，最令它生氣的是，最近被那個神將霸佔了。

「因為大家都不知道，不管有多期盼，只要一直想著不可能實現，就真的不會實現了。」

女孩嘴巴說很想見到他，卻在心中某處告訴自己不能見他，很快就否定了這個期盼。

「希望她能隨心所欲，坦然面對自己。」

這件事說來簡單，做起來卻十分困難。

雨持續下著。

雨勢逐漸增強了。

風音眺望著窗外已經破曉的灰色天空，皺起了眉頭。

必須盡快趕到伊勢，趕到天照大御神的神威更加濃厚的遙遠彼端。

但是抵達伊勢後，脩子究竟要怎麼做呢？
是不是神會再下達神詔呢？還是她的任務已經決定了？
風音愈想愈不安，一股不祥的預感在心中擴散開來。
真的應該把她送去伊勢嗎？

小怪的陰陽講座

①神祇伯即神祇官的長官。

②「天照大御神」的日文發音為「あまてらすおおみかみ」，共計十字，因而被稱為「十言神咒」。

3

那道創傷，留在心底深處。

✦ ✦ ✦

黑暗逐漸擴散開來。

昌浩發現自己正呆呆坐著。

「咦……？」

回過神後，他緩緩地環視周遭。

放眼望去，淨是無邊無際的荒野，連一根草都看不到，仔細凝望，才能勉強看到散落幾處的堅硬岩石。

「這裡是……」

好暗。

「哪裡呢？」

什麼時候來到了這種地方？

思緒散漫，無法集中精神，他用左手按著太陽穴一帶。

這裡到底是哪裡？

這樣思索了一會，記憶中的迷霧開始一點一點地散去。

「對了，我正在前往伊勢的途中……」

一個白髮女人和一個陌生的年輕人出現在他們面前，要他們一起走。

還有、還有……

他一點一滴地搜尋記憶。還有昌親哥哥和小怪也在；雨一直下著，自己只能乾著急。

心臟在胸口撲通撲通地狂跳著。

非去伊勢不可，非追上她不可……追誰呢？

拚命追，追上她，然後重逢，重逢後又能怎麼樣？

想到這裡，思緒就停止運轉。

心跳怦然加速，彷彿在警告他，不要再想了。

——你的傷……

有個小孩的聲音在耳邊響起，聲音雖然稚嫩，語氣卻相當成熟。

——會讓你的心崩潰。

背上一陣涼意。昌浩按著胸口，臉上頓時沒了血色，變成死人般的膚色。

——你一個人已經無法承受了。

為了承受這樣的創傷，你的心失血過度。你被逼得走投無路，只好鑽進死胡同裡，再也無處可逃。這樣的情感幾乎化為刀刃，撕裂了你自己。

昌浩按著胸口，弓起了背，覺得呼吸困難。

不行，不能停留在這種地方，他必須站起來，必須往前走。

他必須往前走，他也想往前走，腳卻不聽使喚，身體也不聽使喚。

蜷曲著屏住呼吸的昌浩聽見有人走過來的腳步聲，緩緩抬起了頭。

「哥哥……？」

在黑暗中，他模模糊糊地看到有人向他走來。

應該是跟他一起來的二哥吧？他四下搜尋白色的身影，卻遍尋不著。

小怪跑去哪裡了呢？

那個人來到滿腦子疑惑的昌浩面前，突然蹲下來，盯著昌浩。

完全陌生的臉孔唐突地闖入了昌浩的視野。

「唔……」

昌浩倒抽一口氣往後退，那個年輕人緊盯著他的反應。

「嗯……」

年輕人似乎看出了什麼，一直點著頭。

差點陷入混亂的昌浩努力保持住鎮定，集中注意力防備。

這個忽然出現在不知名荒野的年輕人，要說有多可疑就有多可疑。

年紀大概比大哥小一點，比二哥大一點吧！

對方臉上帶著親切的表情，應該是認識的人吧？

但是，昌浩在記憶中搜索，還是確定他不曾見過那張臉。

這個人沒有戴烏紗帽、沒有結髮髻，額前的頭髮也沒剃，披散著一頭長髮。身上的破舊狩衣，看起來頗有歷史了。

昌浩全身僵硬緊繃，年輕人看著他，環抱起雙臂，嘆口氣說：

「唉！你也真糟糕，竟然淪落到這種地方。」

「啊……？」

「這種地方」到底是什麼地方，昌浩根本搞不清楚，所以不知道如何回應。

年輕人站了起來。

「沒辦法，我看你傷得這麼重，也沒其他地方可去了。長久以來，你一直在壓抑，但是也差不多忍到極限了。」

「傷？」

昌浩重複他的話。

那個女孩也說過。她指著昌浩胸口，說昌浩的傷會讓他崩潰。

看到昌浩一臉茫然的樣子，年輕人疑惑地微傾著頭。

「嗯……？啊，我知道了，你自己完全沒發現。」
年輕人嗯嗯地點點頭後，忽然把手伸向了昌浩。
「光用說的你恐怕無法理解，跟我來吧！」
昌浩沒回應，身體稍微向後縮。他又不認識這個人，所以對方叫他去，他當然不會傻乎乎地跟去。
看到昌浩表露出明顯的戒心，年輕人不但沒有不高興，反而讚賞地笑了。
「很好、很好，陰陽師就該這麼謹慎。不愧是陰陽師，被訓練得不錯。」
年輕人露出純真的笑容，又催昌浩一次：
「可敬、可佩，所以跟我來吧！」
「什麼所以……」
對方的話不但不銜接，甚至可以說是支離破碎。
昌浩的戒心愈來愈強了，年輕人微傾著頭，嗯嗯地嘟囔著。
「總不能要我扛你去吧？你必須自己站起來、自己走路，不然我沒辦法帶你去……你應該也明白吧？」

原有的輕快感忽然從他的語氣中消失了。

昌浩屏住了氣息，年輕人看著他的眼神深邃得難以捉摸。

「再這樣下去，沒有人能幫你。既不能幫你分擔痛苦，以目前的狀態，也很難幫你治療傷口，因為你還沒有發現自己的傷口。」

「我哪有什麼傷口……」

到底哪裡受傷了？

昌浩說著往下看，發現左胸上有個大洞，傷口歪七扭八。

每次心臟撲通撲通跳動，就從那裡流出紅色液體。身上的衣服被流出來的血染紅了，還因為吸得太濕，血開始往下滴。

昌浩四下張望。

看到自己走過的足跡旁，還有滴落的點點血痕。

按住胸口的雙手染得鮮紅。

昌浩驚訝得啞口無言。

這是什麼傷口？自己什麼時候受了這樣的傷？為什麼受了這麼重的傷，自己還能若

無其事地待在這裡？

失血這麼嚴重，早就該站不起來，也走不動了，更奇怪的是，意識還這麼清楚。

血從指間淌下來，胸口的傷開始劇烈疼痛。

「……唔……」

昌浩按住傷口，試圖想出止血的咒文，但是精神無法集中，原本可以輕易想起來的咒文卻怎麼也想不起來。

好冷，好害怕。

這裡到底是什麼地方？這個年輕人是誰？自己到底在做什麼？

心臟怦怦跳著。他會不會死在這個地方呢？

他有很多願望、很多誓言都還沒實現。總不會就這樣死在這裡，都沒有人知道吧？

「……！」

許多張臉孔在他腦海中浮現，有陰陽寮的人、對他十分關照的官員們、兩個哥哥、父母親、神將們、祖父，還有……

希望起碼在臨終前可以見她一面。昌浩咬住下唇，眼角發熱，心頭沉痛不已，痛到連她的名字都說不出口。

「喂、喂，不要隨便認命，好嗎？」

低頭看著昌浩的年輕人急忙拍拍他的背。震動影響到傷口，昌浩短短慘叫了一聲。

「哎呀！對不起。不過，頭腦清楚多了吧？」

昌浩緩緩抬起了頭，有點迷濛的視野裡，映出年輕人低頭看著他的身影。

他再也忍不住，開口問：

「你是誰？」

年輕人「嗯」地低吟好一會後，抿著嘴笑說：

「這……是……秘……密。」

他還豎起食指一個字一個字地說，故意搞神秘。

看到昌浩驚訝說不出話來，他又伸出手說：

「來，現在你只有一個人，沒辦法從這裡回去。」

完全洩了氣的昌浩覺得頭暈眼花，輕輕搖著頭說：

「我沒辦法動……」

「你能動。我知道有多痛，但是……即使如此，那傢伙還是站起來了。」

就只有一瞬間，一道強烈的光芒閃過年輕人的眼眸。

「你要發牢騷、要哭訴都沒關係，總之，趕快站起來。要是不知道自己為什麼這麼痛、找不到原因，你就再也站不起來了。」

年輕人問昌浩：難道你不在乎再也站不起來了嗎？

昌浩茫然地聽著他的話。

胸口好悶、好痛、好難過。疼痛一直都存在，痛到令人無法思考為什麼會這麼疼痛。

愈想下去，思緒只會愈混亂，所以他才一心追求變「強悍」。

他沮喪地垂下頭。呼吸好困難，胸口的傷好痛，全身沉重，在這種狀態下，根本動彈不得。

聽到滴答聲，他還以為是傷口淌血的聲音，但是，他錯了。

不知何時，透明的淚珠沿著臉頰不停地滑落下來。

「咦……？」

為什麼會流淚呢？他想用沾滿鮮血的手去擦拭，但在擦拭前打消了念頭，因為這麼髒的手擦不乾眼淚。

雙手沾滿鮮血，既不能牽那女孩的手，也不能出現在她面前。

昌浩閉上眼睛，肩膀顫抖起來。

「好痛……」

「嗯，我想也是。」

「好痛苦、好難過。」

「嗯、嗯，我想也是。」

「為什麼會這麼……」

昌浩想到什麼就說什麼，年輕人斬釘截鐵地對他說：

「因為你避開了重要問題。」

「……咦……？」

昌浩緩緩抬起頭看著他。

年輕人雙手在背後交疊，說：

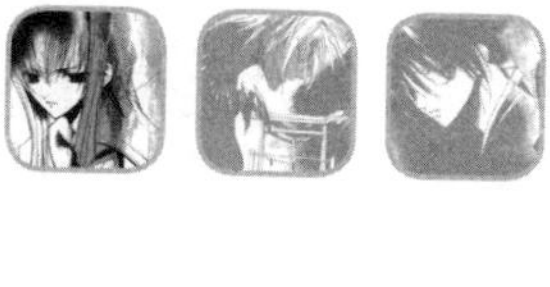

「人類是很不可思議的生物，當太痛、太難過、太傷心時，就會把原因忘得一乾二淨，當作什麼都沒發生過，然而……」

稍作停頓後，年輕人嘆口氣接著說：

「那麼做並不會真的消失，只是遺忘而已。」

即使遺忘了，即使把真相塞進記憶最深處不去看它，它還是完整地存在著。

「這個傷一直橫梗在你心上，但是若看不見，你就會想逃避，所以這個創傷就以看得見的形態出現，變成了真正的傷口、真正的疼痛。」

昌浩感到不寒而慄。

胸前的傷口，正是自己一直以來都不願去面對的真相。

「所謂心的創傷，真的很麻煩。我師父也常訓誡我，想提升法術的精密度，就要學會控制心思……啊，這件事不重要。」

年輕人乾咳幾聲，又拉回了話題。

「因為痛，才會避開吧？不可思議的是，這麼做就真的不痛了，其實不是疼痛消失，只是失去了知覺，也就是麻痺了。然而，那傷口還是存在，若不治好，就會面臨一些事，遭受更嚴重的創傷，或者讓自己落入絕境，陷入只能往下沉淪的迷宮——現在的你就是這樣。」

年輕人指著昌浩的鼻頭說，深深嘆了一口氣。

「因為痛而選擇逃避的人之中，還有另一種人，他們認為不必克服那樣的創傷，乾脆豁出去了，硬是說服自己這樣的想法才是正確的。為什麼非這麼做不可呢？因為他們不想承認自己體內有這樣的傷，如果被人戳破，他們就反咬對方一口。還好，你不是那樣的人。不過，把那樣的創傷藏在心底，真的很麻煩。」

年輕人眉頭深鎖，滿臉憂鬱，低聲地喃喃自語。

「這一點，你們真的很像。」

昌浩眨了眨眼睛。

這個男人似乎是拿自己跟誰比較，可見自己很像某個他認識的人，也就是說，他果真認識自己？

難道是在很久以前，還沒有記憶的幼年時期見過他？還是自己並不認識他，只是他單方面認識自己？

想得頭昏腦脹的昌浩乾脆甩甩頭，提出了自己的疑問。
年輕人眨眨眼，又抿嘴笑了起來。
「一半對，一半不對。」
「……」
從頭到尾都是這種不正經的回答，讓昌浩心浮氣躁，皺起了眉頭。
「好了，再這樣下去，你會真的站不起來。不管怎麼樣，都給我努力站起來，盡全力站起來！」
昌浩忍住咂舌抱怨的衝動，搖搖晃晃地站了起來。
自己還有非做不可的事，不能老耗在這裡，跟這個人做這種無聊的交談。
想到這點，昌浩忽然察覺一件事。
非做不可的那件事，究竟是什麼？
為什麼受了傷、心幾乎崩潰了，還要努力站起來呢？
記憶變得零零散散，思緒也不集中，精神渙散。
最真實的感覺就是疼痛，不停地折磨著自己，無論怎麼抗拒都逃不開。

「會痛，是因為你沒有坦然面對過。當太痛、太難過時，人就會想逃開。」

膝蓋使力強撐著站起來的昌浩，忽然聽到對方變得沉穩的聲音。

「沒辦法，人類就是這麼容易受傷，脆弱得教人難以置信。」

總算站起來後，他盯著年輕人看。

那雙沉靜的眼眸深處，望得見疼痛。

年輕人淡淡一笑，對掩不住訝異的昌浩說：

「我受的傷跟你不一樣，但是沒辦法，現在只有我能教會你必須知道的事。」

昌浩眨了眨眼睛，忽然一陣暈眩，差點跌倒。

男人抓住昌浩撐住了他，然後轉身邁開步伐。

「好了，我們走吧！」

他以昌浩也能跟得上的速度，慢慢往前走。

昌浩滿腹狐疑地看著他說：

「你到底是誰？」

男人露出促狹的笑容說：

「剛才我不是說過了嗎？這、是、秘、密。」

聽到他的回答，昌浩差點氣得昏過去，但還是強忍了下來。比起傷口的疼痛，這個男人更大大耗損了昌浩的體力和意志力。

夜，愈來愈深了。

若沒有男人的攙扶，昌浩可能一步也走不了。

每跨出一步，就氣喘吁吁，視野模糊飄搖，他把注意力都放在傷口上，試著不要震動傷口，身體卻完全不聽使喚。

昌浩不只一次自問：為什麼會這麼難熬？

據男人說，是因為自己逃開了。即使逃開，傷口依然存在，不管逃到哪裡，傷口都會窮追不捨——必須去面對、去認知，然後去克服。

昌浩不太能理解男人在說什麼，但是男人說得滔滔不絕，他只好懵懵懂懂地隨便應和。

每次應和時，男人就會嗯嗯地頻頻點頭，開心地瞇起眼睛。

反正不管問幾次「你是誰」，都會被男人輕輕帶過，所以昌浩不再問他的來歷。

他把問題換成了「這裡是哪裡」。

對於這個問題，男人倒是答得很乾脆，害昌浩白緊張一場。

「這裡是誰都知道、想來就可以來，但陷得太深就無法自拔的黑暗底部。這裡已經接近最深處了……你居然可以沉淪到這種地方，也許我應該佩服你才對。」

昌浩可不希望為這種事受到讚賞。

男人愉快地看著臉色愈來愈難看的昌浩。

「嗯、嗯，這種表情也跟他很像，總不會他小時候就是這副模樣吧？啊，等等，他沒有這麼老實，他會扭曲事實，再繞個大圈子，把事情扯到其他方向，還做過很多不可告人的事……啊，沒什麼，我在自言自語。」

男人乾咳幾聲，把話帶過去了。

每次被這樣蒙混過去，昌浩的臉上就會寫滿問號，不過，他臉色雖然不好看，內心卻沒那麼不高興。

對方認識他，甚至把他跟某人重疊在一起。雖然他不認識對方，卻有種莫名的親切感，所以漸漸減輕了戒心。

走在黑暗中，昌浩想到什麼就說什麼，娓娓道出了內心話。

有個早已承諾的誓言，他相信自己絕對不會違背，最後卻還是無法實現。

男人領會地點點頭說：

「這麼相信自己卻沒有做到，的確讓人難過。」

昌浩點了點頭。

真的很難過，沒能實現誓言真的很難過。

「我想你應該是迫不得已才違背了誓言……但還是會很難過。」

「……」

昌浩默默地點了點頭。

然後，又順口說出了另一件沒能實現的誓言。

自己發過誓會保護她，卻保護不了。相反地，還被她保護，自己只能眼睜睜地看著，什麼也不能做。

「這樣啊，原來如此，嗯，我知道了，這件事最嚴重。」

男人頻頻點頭，接著微帶苦笑說：

「真的跟我完全相反……玉依公主也太過分了。」

昌浩眨眨眼睛，抬起頭來。

剛才男人說了什麼？

「玉依……公主……」

停留在耳邊的話，震撼了昌浩的心。

——好可憐……

「……」

忽然，眼角一陣熱，淚水不由自主地落了下來。

看著突然哭起來的昌浩，男人摸摸他的頭，微微苦笑著說：

「只是被你壓在心底的東西跑出來而已，不用太擔心。」

昌浩的衣服被鮮血弄髒了，男人用自己的袖子幫他擦拭眼淚。

壓低聲音哭得抽抽噎噎的昌浩，絞盡腦汁思考著。

有個女子說我的心就要崩潰了。沒錯，那女孩說，那個女子才是玉依公主。

那麼，玉依公主是什麼人呢？這個男人說他認識玉依公主，所以昌浩現在更想知道的是，這個來歷不明的男人到底是何方神聖？

昌浩又吞吞吐吐地問了一次，男人拉下臉來，「嗯」地沉吟了一聲。

「不用太在意細節……你再這麼東想西想，我就丟下你不管了。」

好過分。

明知自己不伸出援手，昌浩就會癱倒在地，男人卻還是撂下了這麼無情的話，然後停下了腳步。

「沒想到會來到這種地方……」

男人臉上第一次露出嚴肅的表情。

昌浩緩緩移動視線，看到某樣東西，瞪大了眼睛。

有個身影縮成一團，蹲在黑暗中。

他放開男人的手，踉踉蹌蹌地往前走。

沒走幾步，就被一道看不見的牆壁擋住了去路。

那是一道高高聳立的透明牆壁。昌浩邊用手觸摸，邊注視著那個身影。

然後，他回頭看著男人。

「那、那是……」

男人點點頭說：

「是的，那是你。」

胸膛被一道傷口貫穿了的男孩蹲在地上，放聲大哭。

那是昌浩一直在逃避、不願正視的——受傷的自己。

4

小男孩不停地哭，哭得呼天搶地。

昌浩把手放在看不見的牆壁上，靜靜地看著小男孩。

那是自己，小時候映在水池裡的自己。那個自己受了重傷，正流著血，哭得聲嘶力竭。

而那個傷口跟自己胸前的傷口一樣，分毫不差。

昌浩抓著牆壁，慢慢地癱坐下來。

好痛、好痛。

——我必須變強。

幫幫我，誰來幫幫我啊！

——我一個人保護不了她。

昌浩握緊拳頭，咬住下唇。視野朦朧不清，新的淚珠沿著臉頰滑落下來。

「……唔……」

他把額頭靠在牆上，屏住了呼吸，肩膀在顫抖著。

男人平靜地對昌浩說：

「就算受了重傷，人們只要看不見，就會當作沒那回事，所以我才把你帶來這裡。如果你不能好好面對，那孩子會永遠滿身鮮血，痛得號啕大哭……這樣不是很可憐嗎？」

昌浩猛然張大了眼睛。

玉依公主也說過「好可憐」。

「我很可憐……？」

「很可憐……身邊的人都那麼擔心你，你卻沒有發現自己的傷口，所以他們也不能說什麼。」

昌浩的眼眸動盪著。

總是陪在他身旁、像平常那樣對他的小怪，還有從不說廢話的祖父，都只是一如往常地關心他，叫他不要忙壞身體、不要太累、要好好休息，真的只是跟平常一樣。

他們都儘可能不去碰觸昌浩的傷口，生怕他會因此崩潰，只是在極限邊緣保持均衡狀態，等著時間治癒昌浩。

「通常在一段時間後，會復元到某種程度，但是你的傷太嚴重了……」

男人在昌浩背後這麼說，話中沒有苛責的意思，只是淡淡地陳述著事實，聲音聽起來有點不一樣。

「嚴重到再沒人拉你一把，你就會被黑暗淹沒。」

男人平靜地看著淚流滿面的昌浩。

「記住，嚴重的創傷會把心推入黑暗，因為人會為了重建被深深刨挖的心、為了保護自己，試圖用憤怒和仇恨來填補傷口。其實最大的問題，在於沒有發現傷口最深處的東西。」

「最深處的東西？」

昌浩摸著自己的胸口。

對昌浩而言，憤怒是針對保護不了彰子的自己。

仇恨是針對傷害了彰子的人，更針對自己的無能。

「因為不想去發掘傷口最深處的東西，才會衍生出憤怒與仇恨。說說看，你認為最深處的東西是什麼？」

被男人這麼反問，昌浩一時答不上來。

他一直在逃避，不想去看、不想去發掘事實，他閉上眼睛、摀住耳朵，可能的話，希望可以這樣蒙混過去，當作那東西不存在。

好像聽見了雨聲。

還有另一個聲音。

——你後悔嗎？

心臟撲通撲通跳著。

——你對自己做的事、對你的意志，感到後悔嗎？

昌浩表情扭曲，恍然大悟。

他無力地垂下頭，喃喃地說：

「我……」

男人默默看著昌浩。

小孩在牆的另一邊哭泣著。昌浩聽著哭聲，一股莫名的衝動油然而生，比哭聲更震撼他的心。

有個身影在黑暗深處扭動，輪廓逐漸變得清晰，開始有了具體形狀。

外觀跟現在的自己一模一樣，不同的是，眼眸深處沒有絲毫光亮。

那就是冥官所說的結果。

是自己沉淪後的末路，所謂「魔鬼」的模樣。

那身影一步、一步地走近哭泣的孩子。

如果昌浩一直不去面對問題，總有一天，那身影會勒死小孩並取代他。

男人在低著頭顫抖的昌浩面前蹲下來，沉穩地說：

「再沉淪下去的話，就回不了頭了。你在緊要關頭停下了腳步，想必忍得很辛苦吧？很好、很好。」

男人抓抓昌浩的頭，眼中有淡淡的哀愁。

「我沒能停下腳步，所以在他心中留下了傷痕……如果幫得了你，多少可以彌補我的罪過吧？」

昌浩抬起頭，對他的話感到好奇。

看到昌浩眼睛眨也不眨地看著自己，男人閉起一隻眼說：

「別看我這副模樣，我的身手也不差呢！雖然贏不了那傢伙，但是有一招絕對贏過他，這一招也可以這麼用哦！」

男人站起來，走過昌浩身旁，輕而易舉地穿越了看不見的牆壁。

走到哭泣的小孩身旁，男人蹲下來，把手伸向破了個大洞而血流不止的傷口。

昌浩突然想到了。

他聽過這件事。

聽說，某人只有一個穩贏不輸的招數，因為使用不當，流了很多血。

那道看不見的牆擋住了去路，昌浩怎麼也無法穿越。

那是昌浩的弱點，也就是他不能接納疼痛、不能面對創傷的部分，愚蠢、懦弱又膚淺，而且醜陋到不能見人。

不管多憤怒、多怨恨和多害怕，他都必須承認這創傷的存在。

如果只是一味地追逐光亮，總有一天會出現破綻；若不曉得有黑暗的存在，就無法

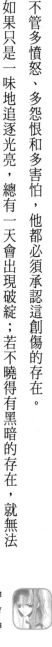

爬得更高。光是想要變強，將自取滅亡，最後會誤入歧途，被黑暗吞噬。

當淪落到這麼悲慘的下場時，就會被稱為「魔鬼」。那些沉淪的人，說來都是自己選擇了這條路，所以很難回頭。

一個人必須了解自己本身的懦弱、愚蠢、膚淺和醜陋。

凡是人類，都有這些缺陷，愈是否認，自己愈是會被逼入絕境。

想保護某個人、不願違背誓言、不想面對無法實現滿腹理想的自己、不想承認自己做不到，就會把自己一路推向絕境。

其實這麼做，最深處的靈魂就會控訴疼痛，不停地淌血。

「今後，痛的時候就要老實地說痛，若是沒有受傷的自覺，就無法跨越傷口。就這點來說，坦然以對是最好的辦法，但也是最難做到的。」

儘管面對男人的背影，昌浩還是可以輕易想像他的表情。

「人不敢面對自己的懦弱，被戳中痛處時就會惱羞成怒，反咬對方。愈是飛揚跋扈地高喊自己沒錯的人，心中愈是懷著恐懼，不想讓人發現。被絕對沒有勝算的挫折感擊垮的人，因為不想承認事實，反而會瞧不起對方，藉此謀求心的平靜。」

男人頓了一下，又嚴肅地接著說：

「陰陽師必須能自在地看透這些人的心。」

這番話，逐字逐句地沁入了昌浩的心。

那些人的狀況也全都可以套用在自己身上。自己也可能會變成那樣，所以更要擦亮自己的心，才能把持得住。

透過男人的手，小男孩胸口的傷一點一點地癒合了。

不是強硬地封住傷口，而是輕柔又細心地縫合。

任何法術都是一體兩面，如正與負、白天與黑夜。然而，雖是正反兩面，彼此之間的關係卻密不可分。

出於善意的使用，可以救人；若是憤怒地使用，會使人受傷、喪命。

老實說，過去昌浩根本不知道這種事。

他只是自以為知道了。

超越祖父的意志沒有絲毫動搖，現在仍屹立在他心中，他以為自己已經明白這件事有多困難，結果只是自以為知道而已。

所謂陰陽師的本質，他完全不知道。
現在他才曉得自己有多幼稚。
忽然，他發現胸口的傷完全癒合了。
吸滿鮮血變得沉甸甸的狩衣，沒有留下任何血跡，沾滿了紅紅鮮血的雙手也變得乾乾淨淨。
傷口癒合的小男孩怯懦地抬頭看著男人。
男人抓抓小孩的頭。
「……」
想到自己也常被這樣抓頭，昌浩的淚水奪眶而出。
從小最疼愛自己的祖父，和經常以純白模樣陪在自己身旁、偶爾恢復原貌的神將，都會這樣抓他的頭。
男人一圈又一圈地撫摸小孩的頭，再把他擁入懷中，讓他平靜下來。原本全身僵硬的小孩，不久便敞開了心房，閉上眼睛，把自己交給了男人。
昌浩知道，是因為自己察覺男人的身分，對男人敞開了心房。

「你已經強撐了太久，稍微休息一下吧！我會陪著你，所以你大可放心。」

男人回頭一笑，宛如太陽般燦爛。

昌浩心想，祖父會對這個男人敞開心房，應該就是因為他這樣的特質。

「這裡跟夢殿相連吧？」

聽到昌浩這麼問，年輕人沉穩地瞇起了眼睛。

「這裡就是夢殿，也是你的內心深處，同時通往黑暗與光芒。要往哪裡前進，就看你自己了，我……選錯了路。」

昌浩默默地搖了搖頭。

他知道這個人的名字。

榎岦齋。

是年輕時的晴明唯一稱為「朋友」的男人。

「夢殿」就是陰陽道中傳述的幽世，是夢裡的另一個世界。

據說，裡面住著神明和已經往生的人。

嘩啦，嘩啦。

嘩啦，嘩啦。

✦ ✦ ✦

玉依公主閉上眼睛，聽著波浪聲。

躺在她面前的孩子哭著睡去了。

阿曇靜靜地坐在後面稍遠的地方。

沒有其他人在，現場只有雨聲和波浪聲。

玉依公主的眼皮微微顫抖著。

她沉靜地張開眼睛，低頭看著孩子。

沒有表情的臉上浮現出淡淡的笑容。

「總算熬過來了……」

這孩子在心底深處拚命穩住步伐，不讓自己墜入黑暗之中。只要再遲一步，他恐怕就會被徹底吞沒，想得到這孩子力量的黑影已經非常逼近他了。

公主吁地鬆口氣，抬起頭，閉上了眼睛。

「感謝神……」

是天御中主神把住在夢殿的那個男人，帶到這孩子的夢裡。

治療心的創傷，過程十分細膩。接下任務的人，必須了解稍有差錯就可能擴大傷口，導致對方崩潰的危險性，並且要有背負著一條人命的覺悟。

太過親近的人不適合做這種事，因為太親近的話，就會感情用事。

以為自己都是為對方著想，卻不會察覺有時其實是為了自己。

幸虧還來得及，真是太好了。

精神一鬆懈，玉依公主的意識就逐漸模糊了。

阿曇在瞬間衝了過來，扶住了突然傾倒的她。

「公主！」

玉依公主看了阿曇一眼，剎那間的眼神，好像不認識她。

「啊……阿曇……」

阿曇微微皺起眉頭，但很快就露出了淺淺的笑容。

「您累了吧？請休息一下。」

玉依公主輕搖著頭說：

「不……我要向神祈禱……」

「天御中主神完全感受到您的心了，會允許您稍作休息。」

玉依公主閉上眼睛說：

「我們的主人是會允許，可是……」

霎時，響起了地鳴聲。

像從海底傳來的咆哮般低沉地轟隆作響。

聳立在海波間的三柱鳥居震動著。波浪洶湧澎湃，夾雜著雨聲，匯集成陰森恐怖的聲音。

玉依公主搖搖晃晃地站起來。

「必須讓這一切平靜下來……」
玉依公主放開阿曇的手，越過木柵的結界，在臨海的懸崖邊跪下來。
篝火的火焰左右搖曳，地鳴聲可能一時之間還不會靜止。
阿曇注視著玉依公主端坐的背影時，聽到微弱的腳步聲，便回過頭看。
「齋小姐……」
方才暫時離開的齋，現在正從石階走下來。
火焰在女孩臉上照出深濃的陰影，再加上面無表情，看起來就像做出來的人偶。
齋走到阿曇身旁，低頭看著橫躺的昌浩。
「他把自己逼得太緊了。」
他來到這個地方，清醒之後發現自己被逼得走投無路，全身傷痕累累。沒有人逼他，是他把自己逼成了這樣。
是的，就像對無力的自己下了詛咒。
擁有特殊力量的人，只要心志一動搖，就控制不了自己的力量，會下意識地動用力量，放出意念，施行法術，而目標往往是朝向自己。

齋的雙手緊緊握起了拳頭。

人類很脆弱，所以有時會這樣傷害自己，希望可以做為補償。然而，這樣絕對救不了自己。

「這個人擁有強大的力量。」

「沒錯，」阿曇表示贊同，因為她跟昌浩對峙過，也看過昌浩對地脈化身的金龍施行的驚人法術。「是有點粗糙，但是若用對了，還是可能成為相當銳利的刀刃，最好是可以讓他為天御中主神效力。」

齋搖搖頭說：

「沒有時間說服他了，隨著時間的流逝，玉依公主愈來愈聽不見我們主人的聲音了。」

玉依公主並沒有失去力量，逐漸流失的是她自己的生命。

「我們聽不見主人……天御中主神的聲音，不管再怎麼期盼，都不可能獲得那樣的力量。」

齋跪在昌浩身旁，盯著他緊閉的眼睛。

「這個人會睡到什麼時候呢？」

「他是在墜入黑暗前被拉了起來，應該暫時不會醒來吧！」

「是嗎……」

低著頭的齋，黑髮垂落下來，遮住了她的表情。

一股莫名的焦躁感，冷不防地襲向了阿曇。

「齋小姐，千萬不要衝動。」

為什麼會脫口而出這麼說，阿曇自己也不清楚。

仍低著頭的齋嚴肅地說：

「這不是衝動，我早就下定了決心。」

「齋小姐……」

阿曇還想再說什麼，齋舉起一隻手制止了她，淡然地說：

「阿曇，我的願望只有一個，這個願望將會背叛我們的主人。」

阿曇啞然失言，臉色發白。

「我不會讓妳跟益荒扛起責任，一切都是我個人的行為。」

齋緩緩抬起頭，注視著玉依公主端坐祈禱的背影。

「我的生命就是罪孽，為什麼我們的主人會放過我呢？身為人類的我，實在無法理解這樣的神意。」

總之，自己現在正好端端地活著，這是不爭的事實。

既然如此，即使是罪孽之身，也可以有個願望吧？

「那隻白色異形擁有強大的力量。那非比尋常的力量，帶有破壞一切的危險性。」

隱藏在虛假外貌下的本性，被齋徹底看穿了。

「擁有那麼強大的力量，應該可以幫上公主的忙。另一個男人好像沒什麼力量，不過，比起度會那群人又好多了。」

齋把手放在昌浩的額頭上，閉起了眼睛。

「我要暫時借用他的力量，趁他睡著時，應該不難辦到。」

「齋小姐，不可以潛入他人的心。」

阿曇拿開齋的手，殷切地懇求她。

「求求妳，打消這個念頭吧……！為了保護妳，我跟益荒承受多少責難都無所謂，

所以……

「——阿曇。」

女孩輕輕地挪開阿曇的手，表情十分成熟，完全不符合她的年齡。

「我必須盡快把皇上的女兒帶來這裡，為了達到目的，我不會放過任何可以利用的東西。」女孩看著昌浩，毅然決然地說：「即使這麼做是逆天悖理。」

如今多一條罪孽、多一項苛責，又如何呢？現在自己還活著，就已經是最大的罪孽了。

「我絕不會把責任推給這個人，我會找一天向敬愛的主人天御中主神說明，接受祂的判決……原諒我吧！」

這句道歉不知道是說給誰聽的。

阿曇無力地垂下肩膀。

齋的決心，恐怕沒有人可以改變了。從現在起，她將違背神的旨意。

「我要讓玉依公主得到安寧。」

好吵的雨聲。

小怪待在海津見宮的房間內，眉頭深鎖，滿臉嚴肅。

益荒帶他們來的這座小島，據說是漂浮在伊勢海上。

沒想到他們會直接通過伊勢，來到大海上。

「……」

小怪在房內煩躁地走來走去，不知道瞪過烏雲密佈的天空多少次。

每瞪一次，靠在柱子上沉默不語的昌親，身體就會緊縮一下。

昌親對小怪的真正身分「紅蓮」有本能上的恐懼。平常，小怪會顧慮昌親的感受，但是現在的它沒有心思去管這些。

自稱是益荒和阿曇的那兩個人已經把昌浩帶走一個時辰了。它不知道現在的正確時間，據推測，應該接近中午了。

小怪把心中的煩躁與不知道第幾次的嘆息，一起吐了出來。

才到神宮，益荒就抱著昌浩不知道要去哪裡，小怪殺氣騰騰地攔住了他。

它不但兇悍地逼問對方，還說若答案不合它意，就要把神宮燒得精光。

聽到小怪這麼說，阿曇鬥志高昂，倒是益荒表現得很冷靜。

雙方的氣氛一觸即發時，是昌親介入了他們之間。

好不容易勸退小怪的昌親，在益荒他們離開後臉色蒼白了好一會，就像耗盡了全身力氣。

在憤怒、激動稍微平息後，小怪不禁感嘆，昌親光是現在這樣就嚇得全身僵硬了，當時竟敢介入他們之間。

小怪甩甩白色尾巴，夕陽色的眼睛掃過室內。

有個修長的男人出現在它的視線前方，是益荒，他很快就自己一個人從神宮深處走回來了。

他靠在柱子上，雙臂環抱胸前，一語不發地站著。

顯然是在監視小怪和昌親，以防他們兩人擅自行動。

被帶去神宮深處的昌浩不知道怎麼樣了。

小怪咬牙切齒，來來回回抓著頸子。

益荒瞥了它一眼。

若不是親眼看到它變回原貌，恐怕很難想像它跟那個身材高大的男人是同一個軀體。那麼強大的神通力，竟然可以完全隱藏在那身白毛下。

雨一直下著，雨聲不絕於耳，聽見這樣的聲音已經成為理所當然的事。

很久沒見到天照大御神了，應該還是在那層厚厚的烏雲後面，只是神意好像變得異常遙遠。

益荒皺起眉頭。

隨著日子一天天過去，時間不斷流逝，不斷下著雨，讓人產生一種錯覺，彷彿天照大御神和天御中主神也逐漸遠離了這座小島。

必須趕快阻止這場雨，可是得把皇上的女兒帶來才行。

如果能卸下監視的任務，他就可以馬上去找內親王他們了。

齋交代過他，視線絕對不可以離開這些人。若不是齋的命令，他早就拋下了這任務。

從剛才就沒開口說過話的男人，聽說是那孩子的哥哥。若不是有他在，益荒恐怕免不了和小怪大打出手。

小怪儘管難掩焦躁，現在卻還能捺著性子等待，是因為益荒保證昌浩絕不會有生命危險。

益荒告訴小怪，如果出了什麼差錯，可以砍了他的頭。小怪露出淒冷的笑容，對他說不要忘了這句話。當時，這個非人類的男人，也以熾烈的眼神看著小怪。

忽然，響起了腳步聲。

三對視線同時移動，看到往這裡走來的齋。

「齋小姐。」

最先行動的是益荒，他快步跑向女孩，單腳跪下。

「那孩子……安倍昌浩呢？」

齋眨了眨眼睛。

「他叫安倍昌浩啊？」

「是的，他是這麼說的。」

「這樣啊。」

齋點點頭，轉移了視線。昌親察覺到她的動靜，端正了姿勢。

齋盯著昌親，忽然瞇起了眼睛。

「你……」

她從益荒身旁走過，在昌親面前蹲下來。

「你也有跟昌浩一樣的創傷呢！」

這句出乎意料的話讓昌親瞪大了眼睛。

5

沉默不語的小怪甩了一下尾巴。夕陽色眼眸光亮閃爍，像燃燒著熊熊火焰，無庸置疑，裡面充斥著憤怒。

沒過多少時間，怒氣就轉為鬥氣，嗶嗶剝剝地往上升了。

颳起一股帶著熱氣的風。

益荒悄悄滑入齋與小怪之間，兩人的視線一交接，立刻迸出火花，局勢一觸即發。

「益荒，你退下。」

「不行。」

益荒違抗試圖制止他的齋，明目張膽地恐嚇小怪說：

「你殺氣騰騰地瞪著齋小姐，我就有充分的理由殺了你。」

「沒關係……錯在我。」

益荒和小怪同時轉向了齋。

女孩在昌親面前坐下來，抬起頭，直直地看著他高過自己的眼睛。

昌親也坦然面對她清澈的眼神。

「妳是……？」

終於，昌親開口問了。齋平淡地說：

「我是服侍玉依公主的人。」

「可以請教玉依公主是什麼人嗎？」

昌親的語氣既不急躁，也不逼人，純粹只是想替心中的疑問找到答案。

「玉依公主是這座神宮的女巫，負責向我們的主人祈禱、聆聽祂的聲音。」

「你們的主人是？」

昌親緊接著問，女孩也知無不言，毫不隱瞞。

「就是等同於原始光芒的天御中主神。」

聽到神名，昌親不由得倒抽一口氣，沒想到會在這裡聽到這個名字。

「昌親。」

響起犀利的叫聲。昌親轉移視線，看到小怪降低身體重心，擺出了備戰姿態。

昌親正要開口制止它時，換齋把問題拋給了他。
「你為什麼乖乖地跟著益荒和阿曇來這裡？」
昌親把視線拉回女孩身上，露出困惑的神色說：
「因為我想最好是這麼做……」
除此之外，沒有其他理由。因為昌親早已察覺昌浩的心正面臨危機，又聽說這樣下去會墜入黑暗。
昌親想救弟弟，所以跟著自己的感覺走。
聽到昌親這麼老實的回答，齋大感意外，直盯著昌親看。
那眼神好像在說「真是不可思議的男人」。
女孩纖細白皙的手指向了昌親的胸口。
「那個傷……」
昌親低頭看看自己，訝異地皺起了眉頭。
「傷……？」
「是眼睛看不見的傷。」

聽到補充說明，昌親似乎想起了什麼。
他把手按在胸前，平靜地笑著說：
「或許還有傷疤……」
然而，他早就熬過來了。
昌親的心也受過重傷，幾乎可以說是因此換來了身為陰陽師的覺悟。
不只昌親，吉平、吉昌和成親恐怕也是。說不定，連祖父晴明的覺悟都是這樣換來的。
看起來老成持重的昌親也是個陰陽師，難免會有連家人也要隱瞞的黑暗部分，偷偷藏在心底深處。
陰陽師能操縱光明，也能掌控黑暗。當光明逐漸擴張，黑暗也會隨之加深；反之亦然，擁有愈強大的黑暗，就能扛起愈強大的光明。不可能只擁有單方面的力量，絕對會存在著同樣強度的陽與陰。
昌親很快抹去了瞬間呈現的陰暗面。
「可不可以請教妳，為什麼看得見這種東西？」

從現場的氣氛可以知道益荒正瞪著自己，而且眼神十分犀利。
不過，昌親認識更可怕的人，那就是十二神將中最強、最兇的騰蛇。
他不是不害怕，而是比起騰蛇的視線，益荒的眼神還勉強可以忍受。
昌親害怕的東西可多了，他並不想逞強說沒有，因為那麼說不會有任何好處。老實承認自己害怕的人，說不定內心比誰都堅強。
「從我懂事以來就看得見了，我反而不理解，為什麼有人看不見。」
「這樣啊……也許是吧。」
昌親點點頭，又瞇起眼睛，溫和地問：
「昌浩怎麼樣了？」
「他正在睡覺，恐怕還要一段時間才會醒來。」
「他的心怎麼樣了？」
「我敬愛的主人天御中主神說他沒事了，不用擔心。」
這樣就好。
昌親鬆了一口氣。

他違抗皇上聖旨，沒去追趕祖父一行人，反而來到了這裡，全都是為了昌浩。由於一心想救昌浩，所以他跟著自己的感覺走，雖然絲毫不認為這麼做有錯，但還是會擔心。

「你們暫時在這裡等著。」

齋站起來，轉身離去。

臨走前，昌親彷彿看到女孩臉上的陰鬱，覺得很奇怪，是什麼事讓那孩子露出這樣的表情呢？

益荒似乎很猶豫，不知該不該追上那逐漸遠去的小小背影。

「你就去吧！」

小怪怏怏然地說。益荒怒目橫眉，轉過頭看著小怪，斜斜站著的小怪粗魯地放話說：

「我們不會逃走，也不會躲起來。你在這裡，只會讓我們不愉快。」

這句話一點都不假，長時間被監視，沒有人會覺得舒服。

益荒板起臉瞪著小怪，但沒有辯駁，酷烈的眼神瞬間轉向了昌親，好像在警告他不

要隨便離開這裡，然後他便轉身離開去追齋了。

少了一個高大的男人，感覺空間變大了，昌親吁地深深嘆息。小怪半瞇著眼睛，走到他身旁。

「騰蛇，跟他吵架不是什麼明智之舉吧？」

「管他呢！」小怪簡短地頂回去，甩甩尾巴說：「沒想到是天御中主神。」

昌親端正坐姿說：

「嗯，我也很驚訝。」

據他們所知，並沒有祭祀這位神明的神宮。現在的神道都是把重心放在天照大御神上，很多人都沒聽過天御中主神。

原來是如此不為人知地供奉著啊？昌親不禁嘖嘖稱奇。

小怪的臉很臭，不停地甩著尾巴，藉此壓抑自己的心浮氣躁。

「騰蛇……」

聽到叫喚，夕陽色眼眸轉向了昌親。

「沒想到你會叫益荒追上去。」

小怪瞇起眼睛，板著臉說：

「這種時候，最好有人陪在她身旁。」

齋臨走時，臉上有抹陰鬱，小怪不知道原因，就是覺得不能讓她落單。

不是小怪對齋特別擔心或關切，只是益荒再待下去的話，會讓它渾身不自在，愈來愈煩躁。

昌親苦笑起來。

小怪把長耳朵往後甩，半瞇著眼睛說：

「不管他在不在，我們都不會逃走，既然這樣，當然他不在比較好。」

昌親打從心底贊同。每當被益荒無言地恐嚇，他的背脊就會掠過一陣寒意。

昌親嘆口氣，緩緩地環視房內。

好古老的建築，從變黑的柱子和橫樑就可以看得出歷史。

房裡掛著竹簾，但沒有裝板窗，也沒有任何家具。

觀察四周好一會後，昌親點個頭說：

「決定了！」

小怪把視線轉向他時，他豁然站了起來。

「我想到處走走看看。」

「等等！」

小怪立刻叫住了握拳表示決心的昌親。

「剛才、就剛才，那個益荒不是狠狠瞪著你，用眼神警告你不可以隨便離開嗎？你不要忘記啊！」

昌浩還在對方手中，怎麼可以這樣貿然行動！

「我又不會逃走，只是想調查看看到底是怎麼回事。」

就跟你說不行嘛！小怪在心中暗罵，迅速站了起來。

「我去，我隱形就沒問題了。」

「真的嗎？謝謝你，騰蛇。」

昌親安心地笑著，小怪回看他一眼，心想：

他雖然不太引人注意，但不愧是成親的弟弟，也是昌浩的哥哥。

為什麼吉昌的兒子們，總是可以這麼若無其事地說出驚天動地的話呢？

一般人看不見小怪，但是這座神宮裡的人，都是度會氏族的神官。

剛到這裡時，阿曇就提過這些事。她大致解說完畢後，就不知道匆匆忙忙地趕去哪裡了。

之後沒再見過她，可能是跟益荒一樣，陪在那女孩身旁。

不能否認，這裡的人既然都擔任神職，就可能有某種程度的靈視能力，若被發現就麻煩了，所以小怪是回復原貌再隱形。

以小怪的模樣隱形有點小棘手，因為維持小怪的模樣會消耗神氣，在這種狀態下，還是可以壓抑神氣、隱藏形體，只是精神上很容易累。

剛開始變成小怪模樣時，要耗費很大的精力才能維持住，現在已經習慣了，但它還是會定時檢查自己有沒有完全隱藏原來的神氣，從不鬆懈。

即使隱形，還是會溢出十二神將最強的神氣，必須非常小心。

就這點來說，不管變不變回原貌都很麻煩。

有人類的動靜。

紅蓮躲在陰暗處，豎耳傾聽。

是兩個人，一個靈力高強，另一個還可以。如果維持白色異形的模樣，說不定現在已經被靈力高強的那個人發現了，所以變回原貌是正確的選擇。

《是老人……和年輕人……》

他由聲音推測。

兩人好像在爭執什麼。

《不，不對，是年輕人在逼迫老人。》

神將的聽力比人類敏銳。

集中精神，就可以清清楚楚地聽到每一個字。

「益、益荒他們到底在做什麼！」

大聲咆哮的是度會潮彌。

跟監的人回報說，今天早上，益荒和阿曇回來了，還帶著來歷不明的男人、小孩和四隻腳的動物。

那些人進入只有齋居住的東廂，就沒再出來過。

紅蓮在心中嘀咕著，原來那裡是東廂啊！因為烏雲的關係，連方位都搞不清楚了。

「把來歷不明的人帶到島上，絕不可原諒！禎壬大人，請嚴懲益荒！」

等潮彌像連珠炮般罵完後，度會禎壬才冷冷地說：

「嚴懲？你叫我嚴懲益荒和阿曇？」

氣喘吁吁的潮彌瞪著東廂說：

「他們每次跟禎壬大人講話都那麼不客氣，我饒不了他們！沒錯，他們是神的使者，可是統治這座神宮的，不還是我們度會的長老禎壬大人嗎？那個不成氣候的物忌敢那麼目中無人，不就是因為有益荒他們撐腰？」

看來，他是把累積至今再也壓不住的憤怒一舉發洩出來了。

在海津見宮服侍神明的神官中，潮彌是最年輕的一個。

有件事讓他無法信服。

玉依公主是沒有力量的女巫。按理說，物忌應該代替女巫，直接參與祭神儀式，然而這個物忌卻只會說大話，從來沒有盡過義務，天御中主神派來的兩個非人類使者卻都

袒護著齋。

「那我問你，潮彌，你想怎麼做？」

「我之前就說過了，要盡快把皇上的女兒帶來這裡，讓她取代齋的位置。」

潮彌憤怒得眼眸炯炯發亮。

「我深深認為，那個齋是所有災難的來源。因為有她，雨才會下個不停，玉依公主的力量才會減弱，再也聽不到神的聲音，也無法傳達她的祈禱。乾脆把齋當成祭品，拿去祭地御柱！」

冷不防地，老人往牆面捶了下去。

潮彌倒抽一口氣，嚇得縮起了身子，發現自己失言了。

禎壬嚴厲地對潮彌說：

「小心說話，潮彌。再怎麼說，這裡都是全國唯一有天御中主神降臨的神宮，不可以亂說被視為忌諱的言靈。」

平靜的語氣之中充滿了懾人的氣魄，潮彌無力地垂下了頭。

「益荒和阿曇都是服侍天御中主神、聽從玉依公主指示的使者，他們既然袒護齋，可見那就是神的旨意。」

「可是……！」

年輕人怎麼樣都無法認同，老人目光凌厲地盯著他。

「不要再說了。對了……」

剎那間，響起地鳴聲，神宮輕微搖晃著。

兩人靜靜地等待震盪平靜下來。

低吼般的地鳴聲逐漸轉弱消失後，取而代之的雨聲聽起來格外響亮。

「在京城出現的金龍，後來怎麼樣了？」

潮彌重新振作起來，點點頭說：

「那之後就沒再見過了……難道是神聽見公主的祈禱了？」

「希望如此，但我也不敢確定。」

潮彌看到禎壬沒什麼自信的樣子，便下定決心說：

「禎壬大人，我想請教您一件事。」

禎壬沉默地催他往下說，他才蒼白著臉問：

「玉依公主的力量，是不是已經無法傳達給神了？」

躲在暗處的紅蓮沒想到會偷聽到這種事，驚訝地屏住了氣息。

他剛剛才聽說，玉依公主是聆聽天御中主神聲音的女巫，而服侍這名女巫的神官竟然會提出這樣的疑惑。

看來，潮彌對齋、甚至對玉依公主本身，都抱持著敵意。

而益荒和阿曇，原來是神的使者。他們的穿著打扮跟十二神將有共通之處，就是因為他們是天御中主神的使者，廣義來說，也算是神族。

終於搞清楚真相的紅蓮，又聽見老人嚴厲的聲音。

「不，玉依公主並沒有失去力量，這一切……」

空氣頓時凍結了。

「都要怪齋那個物忌派不上用場！」

話說得像低聲嘶吼。光聽到這裡，紅蓮就大概知道齋在這座神宮的立場了。

她會被嫌惡到這種地步，究竟是為什麼？

物忌所扮演的角色，是代替女巫完成實質上的任務。在儀式中，踏入神域最深處的人並不是女巫，而是物忌。

齋既然是物忌，就要替玉依公主執行祭神儀式。就算她年紀再小，背負的責任也跟一般神官一樣，所以她的態度那麼高傲，也無可厚非。

然而，禎壬他們卻一再重複「齋根本派不上用場」之類的話，到底是怎麼回事？

依紅蓮所見，齋應該具有潛在的力量。他親眼看到齋看穿了昌親的心，所以他並不認為齋沒有能力當物忌。

或許不該只憑聲音來判斷，但是紅蓮覺得，齋的力量遠超過這兩個人，尤其勝過那個叫潮彌的人。

「虛空眾還沒有消息嗎？」

「是的，但我已經嚴格下令，絕不能讓益荒他們搶先一步。」

「當然是這樣！聽好，絕不能把皇上的女兒交給齋，否則一旦落入玉依公主手中，就沒辦法把齋從物忌的位置拉下來了。」

兩人的聲音隨著腳步聲逐漸遠去。

紅蓮立刻現身，嘆口氣，變回小怪的樣子。這樣可以完全隱藏神氣，比較適合隱密行動。

「接下來……」

它才剛轉過身，就看到齋站在走廊盡頭。

小怪眨了眨眼睛。

齋正張大眼睛看著它，那無比清澈的眼眸以及放射出來的強烈視線，感覺很熟悉。

小怪甩了甩尾巴說：

「在京城時，是妳一直看著我？」

齋默默地靠過來，小怪瞇起了眼睛。

它剛剛才聽說齋是住在東廂，而這裡是跨過渡殿的中棟。既然會在這裡碰到度會的人，可見這裡應該是他們來來去去的地方。

被嫌棄成那樣的齋光走進來這裡，就會引發大騷動吧？

齋走到小怪前面，蹲了下來。

「要怎麼做才能變成這模樣？」

「什麼？」

小怪不由得反問。齋面不改色地說：

「你的真面目是剛才那樣子吧？我非常好奇，你怎麼能這樣變來變去。」

她臉上雖然沒什麼表情，雙眼卻閃閃發亮。

小怪不禁想起沉默寡言的同袍。

「你是怎麼辦到的？外貌隨時可以變來變去嗎？」

小怪很不想理她，可是看樣子，不理她的話，恐怕她會糾纏到底，小怪只好滿臉無奈地敷衍她說：

「我只是操縱神氣而已。基於某些原因，必要時，我會恢復原貌，也會變成這樣。」

「原來如此。」

可能是對這個答案感到滿意，齋站了起來。小怪從她旁邊繞過去，走向昌親所在的房間。

齋還是跟在後面。

小怪狐疑地瞥她一眼說：

「不要跟來嘛！」

齋沒回應。小怪忽然想到，說不定只是同方向而已，不禁很想咂舌。

它知道益荒、阿曇、齋和玉依公主，都在設法不讓昌浩墜入黑暗之中。

可是聽到那兩個姓度會的人交談後，小怪又產生了其他疑問。

「你們為什麼要把皇上的女兒脩子找來？要她做什麼？」

齋瞄它一眼說：

「因為有需要。」

小怪的眉頭一皺，擠出深深摺紋。

當然是有需要，要不然幹嘛千里迢迢地把脩子公主帶來島上？

但是，齋與度會氏族的目的顯然不一樣。

度會氏族是意圖利用脩子來取代齋的物忌位置。脩子才五歲，儘管年紀還小，但以她的懂事程度來看，應該能勝任物忌的職務。

天照大御神是天御中主神的女巫，而皇家是天照大御神的後裔，所以由皇上的女兒脩子擔任物忌是再適合不過了。

聽完小怪這樣的想法，齋露出佩服的神色說：

「觀察力不錯。」

這種說法讓小怪有點不悅，很討厭她傲睨萬物的態度。

在瞪她的同時，小怪差點就咬下去了，但是它及時克制住，告訴自己沒必要跟小孩子認真。

小怪深深吐氣，努力讓自己紛亂的心平靜下來。

長長的耳朵和尾巴搖晃著，夕陽色的眼眸直直望向前方。

「……」

蹬蹬蹬往前走的小怪，毛茸茸的一團，看起來好柔軟。

齋悄悄地伸出手，就快摸到時，小怪忽然站住了。

她趕緊把手縮回來，當小怪回過頭時，她臉上的表情已經不見了。

「我是親耳聽到度會他們說，要讓脩子取代妳物忌的位置。」

女孩一點都不驚訝，只眨了一下眼睛說：

「是嗎？」

「妳也需要脩子？」

「是的。」

小怪的眼眸閃過厲光。

「妳要她做什麼？」

女孩的眼睛沒有絲毫感情。

「我沒有義務告訴你。」

以前阿曇被逼問身分時，也是快刀斬亂麻地說出了完全一樣的話。

小怪的臉色很難看。

齋默默轉身離開了。

駐足的小怪瞪著她離去的背影，她卻頭也不回地往北廂走去了。

小怪杵在原地，感覺到一股視線，猛然轉過頭看。

是阿曇站在拐角處。

如果小怪有任何傷害齋的舉動，她就會毫不留情地發動攻擊。

小怪早就發現她的存在，只是懶得理她而已。

兩人視線交會，迸出了火花。

小怪蹬蹬蹬地從斜瞪著自己的阿曇身旁走過去。

6

這座神宮裡的人們，彼此間到底是怎樣的關係呢？

小怪回到房間後，臉色一直很鬱悶，昌親擔心地問：

「騰蛇，有什麼事嗎？」

「要說有事的話，的確有事……」

嗯嗯低吟的小怪滿臉嚴肅，昌親好奇地望著它。

老實說，自從神將騰蛇化身成異形模樣後，昌親不曾跟騰蛇長時間相處過，這次赴伊勢是第一次。

多虧有這個白色的小小身軀，隱藏了騰蛇原本釋放的酷烈神氣，否則即使有昌浩隨行，昌親也不想跟騰蛇一起進行長途旅行。

皇上下令要昌親與昌浩一起赴伊勢，趕上安倍晴明。大哥成親知道了，一度吵著要來，但是這種時候，身為參議女婿就有點麻煩了。

昌親望著雨水滴落的天空，暗自思索著。

昌浩內心的創傷很深，玉依公主他們是否救得了弟弟？

自己是跟著直覺走，來到了這裡。但是，隨著時間流逝，他開始懷疑自己的判斷到底正不正確。

這樣思索了一會，他依然望著天空，叫了聲：

「騰蛇……」

小怪把視線轉向他，他才淡淡地說：

「昌浩為什麼會受那樣的傷呢？」

「……」

小怪沉默不語，因為他不知道該從何說起。

昌浩會受傷，也可以說是自己沒有盡到保護的責任。就在出雲的那番激戰中，正好紅蓮他們都不在時，發生了那件事。

當時在場的同袍只有太陰，聽說太陰那時身心俱疲，事情發生得太突然，她完全沒辦法動。

小怪想起看著自己時，眼神總是那麼怯懦的幼小同袍。它對太陰沒有任何意見，要勉強說有，就是看到太陰怕自己怕成那樣，有點不耐煩。但小怪知道，這也不能怪她，是她的本能讓她對神將騰蛇的強烈神氣抱持著恐懼，所以每次都會不由得瑟縮起來。

紅蓮本身也沒有錯，會變成這樣，只能說他們兩人八字不合。

昌親緩緩轉過頭，看著沉默的小怪。

他的眼眸中隱隱閃爍著深邃的光芒，小怪眨了眨眼睛說：

「你也是個陰陽師呢……」

昌親點點頭。

陰陽師有一張別人看不見的臉，心底深處必須隨時保持平靜。心若動搖，施法時便會產生迷惑，一迷惑，效果就會減半，又反彈回自己身上。

若是沒有這樣的覺悟，就很難使用法術救人，因為被逼入絕境的人，會為了一點雞毛蒜皮的小事就墜入黑暗裡。

小怪一屁股坐了下來。

「上個月，我們有事去了出雲。」

「我們」指的是勾陣、天一、太陰、昌浩和小怪。

由於還沒完全康復的勾陣要去靜養，所以他們一行人去了出雲的道反聖域。

小怪嘆了口氣。

感覺好像過了很久，其實，那只不過是上個月的事。

不論昌浩再怎麼掙扎、小怪他們再怎麼費盡心思，才短短一個多月，都不可能出現任何變化。

事情剛發生時，昌浩說他沒事，是因為打擊太大，他的心都凍結了。

連安倍晴明都直到最近才能提起那件往事，紅蓮也一樣。

他們整整花了五十多年的時間。

「唉！一言難盡，真的很慘……要說直接原因，就是昌浩性命危急時，彰子抱住昌浩，用自己的身體擋住了敵人的劍。」

小怪沒有放太多感情，只是淡淡地敘述。

剛聽完時，昌親滿臉驚慌。

「什麼……？」

從他的表情，可以知道他反問後，在心中不斷反覆思考著小怪說的話。

昌浩就是自己的弟弟，就是那個昌浩，這不用說也知道。彰子是寄住在安倍家那個女孩，也就是左大臣藤原道長的長女，現在正陪同內親王脩子前往伊勢。

「她用自己的身體……擋住敵人的劍？」

像說給自己聽般，昌親重複著這句話，小怪默默地點了點頭。

昌親盯著小怪看，眼睛連眨都忘了眨。

「她……為什麼要這麼做……」

「說來話長，等事情告一段落，我再把經過告訴你。不過，你最好去問晴明，他應該會說得比我清楚。」

「問他也行，只是……」

他感覺得出來昌浩面臨了重重危機，但沒想到是這麼沉重的理由，不過，他也總算能理解弟弟為什麼會傷得這麼重了。

把這件事藏在心底，真的太沉重了。

他們奉皇上密令，出發前往伊勢。一路上，昌浩幾乎沒有開口說話，總是把嘴唇抿成一條線，心浮氣躁，不顧一切地往前趕路。

昌親從來沒見過弟弟有這種表情。

小怪對正襟危坐的昌親說：

「昌浩……他害怕……」

「怕什麼？」

昌親的心底一陣冰涼，小怪甩甩尾巴說：

「他對自己沒能信守承諾、對自己輕易出手傷人，感到害怕。」

昌親什麼也沒說，聽到弟弟傷了人，他連眉毛都沒動一下。

要說一點都不震驚是騙人的。他的內心的確有些紛擾，若把心說成水面，確實是掀起了一些漣漪。

但是，他是陰陽師，可以在大受打擊的心靈之外，找到其他地方，以近乎冷淡的平靜承受這件事。

昌親看著夕陽色的眼眸，若無其事地說：

「這一個月來，昌浩都在想些什麼呢？」

「依我看，他一直在逼自己，想讓自己變強，能做的事全做了。」

有很多法術，昌浩都覺得自己的程度還不夠，比以前更拚命學習與這些法術相關的龐大知識，一邊完成陰陽寮的工作，一邊讀遍所有過去的資料。為了變得更強，他努力去克服以往不擅長的事。

只要取得所有知識、技術，就能提升身為陰陽師的才識。以前他即使知道很重要也不想去碰觸、只會逃避的東西，現在卻非常積極地去爭取。

「光就這點來說是好事。昌浩的好惡太過分明，不喜歡的事就不想做，碰到不擅長的事就混過去。」

但是，這樣下去也不是辦法。他手下唯一的式鬼車之輔在想什麼、說什麼，他的耳朵應該都聽得見、聽得懂，卻認為自己做不到、不擅長，所以沒發現自己其實都辦得到。

「因為在關鍵時刻動彈不得，所以他拚命想提升自己的技術。他終於有了自覺，是自己的能力分配不均，才無法保護自己最珍惜的人。」

過去他都是靠蠻力彌補不足的地方，但是長久下來，恐怕無法面面俱到。

「怕自己做不到、怕保護不了該保護的人，就會逼迫自己……再用其他感情掩飾這樣的狀態……沒辦法，這就是人類。」

神將紅蓮與生為人類的昌浩，在這方面有決定性的差異。

因為他們活過的時間長短不同，與他人往來的方式也不同。

「就這方面來看……」小怪直視著昌親說：「你或成親應該更能理解那傢伙內心的傷吧？」

「沒錯……說得也是……」

昌親瞇起眼睛，嘆了一口氣。

對於他人的心，他向來表示尊重，所以若昌浩不說，他也認為沒有必要問。他想有必要的話，昌浩自然會講，他絕對不會強迫昌浩說出不想說的事。

因為那麼做，會把傷口挖得更深。

「人都很脆弱……但是，陰陽師即使有脆弱的一面，也不能因此而產生動搖，所以必須在心底某處摧毀自己纖細的部分。」

昌親抬頭望著雨水滴落的天空。

「我和哥哥都自私地希望，昌浩不會經歷這種事。」

「嗯……」

「就算不得不經歷時，也希望他儘可能不會受到傷害。」

小怪垂下了視線。

它也是這麼想。

昌浩曾經發誓：

要成為不傷害任何人、不犧牲任何人的頂尖陰陽師。

剛聽說時，小怪就知道昌浩總有一天會違背這樣的誓言。但它還是希望，昌浩可以依照他的誓言活下去。

然而，這都只是他們自私的想法。事實上，既然身為陰陽師，就一定會有些事，既不能告訴未來的伴侶，也不能告訴未來某天會出世的孩子，而且一輩子都要小心注意，不讓他們察覺自己晦暗的一面。

晴明、吉昌和成親、昌親都是這樣走過來的，從今以後，昌浩心中也會有這樣的事情存在。但是，這就是陰陽師。

說起來，不過就是這麼回事。如果只是輕微的傷口，或一、兩年就會隨著時間流逝而逐漸癒合的傷口，頂多就是那樣結束了。

「我沒看到現場的情況，但是對昌浩來說，在他至今的人生中，那想必是最大的一次打擊。那傢伙總是拚命地想保持平靜，埋首於工作時，可以在那段時間內暫時遺忘；回到家後，他也儘可能窩在房間裡，打開書，把全副精神都放在書上，不去多想。」

即使做到這樣的地步，睡著時還是會夢見。稍微一晃神，也會想起來。

就這樣，他一次又一次被甦醒的記憶窮追猛打，導致全身癱瘓動彈不得。

用言語來形容這一切很容易，只要作表面的敘述就行了，但是其中所蘊藏的種種情感，絕不是這樣就能傳達的。

「昌浩的思緒亂成一團，不知道該怎麼辦才好，只好從最想保護的彰子身邊逃開。總而言之，就是這樣。」

直到現在，他都還沒察覺自己最後是落荒而逃，也還沒察覺自己脆弱到不得不逃走。

昌親默默地點著頭。

小怪的語氣會如此平靜，是因為壓抑了自己所有的情感。

不這麼做的話，小怪／紅蓮因為自己什麼都不能做而產生的焦躁、憤怒，就會化為情感的波濤爆發出來。

紅蓮的力量太過強大，光是陪在昌浩身旁，就可能影響到其他人。

而小怪覺得自己什麼都不能做，與其陪在昌浩身旁，還不如把一絲希望寄託在玉依公主身上。

「不管得到誰的原諒，如果自己不能原諒自己，心就不會安寧。只要自責，就不會成長，因為會杵在原地走不開。」

這些事都必須靠自己去體會。即使聽人家說了，但自己的心不能接受，那些話就只會成為沒意義的言語，跟自己擦身而過。

雨一直下著。

昌親默默聽著小怪的話，還有雨聲。

不知道這樣過了多久。

小怪問昌親：

「你花了多少時間治好你的傷口？」

年輕人眨了眨眼睛。

小怪說的傷口，就是被齋看出來還留在他心底深處的疤痕。

昌親笑了笑，微傾頭說：

「已經不太記得了……大概三年吧！」

「這樣啊。」小怪點點頭。

真了不起，可以在這麼短的時間內癒合。

「這是立志當陰陽師的人都必須克服的障礙，沒辦法。但是，通常在走出去之前，都不會發現自己陷入了迷途。」

會花好幾年的時間才發現，可能是因為自己也跟昌浩一樣，不肯面對自己受到創傷的事實，假裝遺忘地混過好長的日子。

「事後才發現，當時大家都在為我擔心……真的很感謝。」

家人和神將們都默默關注著他，什麼也沒說。

昌親嘆口氣，甩甩頭，緊接著問：

「你看過神宮後，有什麼發現？」

會改變話題，表示他不想再談這件事了。昌親不是想知道所有的事，只是想徹底了解弟弟現在處於什麼狀態。

因為什麼都不知道的話，很可能錯過自己能為他做的事。

就像哥哥為他所做的那樣，他也希望必要時，自己能為昌浩伸出援手。

「我聽到這裡的神職人員……應該就是阿曇那個白髮女人提到的度會族人，在爭論某件事。」

小怪把隱形時聽到、看到的事，儘可能正確地描述出來。

昌親邊聽，邊不時提問，在知道度會禎壬與潮彌的想法之後，疑惑地皺起了眉頭。

「那個叫齋的女孩派不上用場？」

昌親的想法跟小怪一樣，覺得齋不可能毫無能力。

或者她是有能力，只是不適合當物忌、替女巫執行實質上的祭神儀式？

昌親在腦海中交互描繪著齋與保護她的益荒、阿曇的身影。這兩個名叫阿曇與益荒的年輕人，都擁有不輸給神將的通天力量。

這樣的阿曇與益荒所保護的女孩，到底是什麼來歷？

這三人的身影，與表情悲痛的昌浩身影忽然交疊在一起了。

「不知道昌浩怎麼樣了……」

昌親喃喃說著。

◆ ◆ ◆

地鳴聲響起，海面也迸開了。

眼前的情景彷彿正不斷擴散開來。

昌浩倒抽一口氣，差點叫出聲來時，聽到身後傳來沉穩的聲音說：

「冷靜點。」

他猛然回頭，看到一身白衣的玉依公主就站在自己身後。

景色突然改變，又忽然出現了玉依公主，可見應該不是實體。

這裡是昌浩的夢境，只有神、死者或活人之魂，才能在夢中出現。

玉依公主既然可以把過世的榎岦齋引入昌浩的夢中，那麼，她要讓自己出現在這裡，想必也是輕而易舉的事。

玉依公主將雙手搭在昌浩肩上，嚴肅地接著說：

「這裡是現實與夢殿之間的狹縫，你還必須留在這裡，讓心歇息一下。」

昌浩眨眨眼，看看四周。

這裡是黑暗的深淵。

不知不覺中，潮水已經退去，一抹黑色影子像巨木般高聳入天。

這根高大的柱子不曉得延伸到哪裡。

「這是……？」

昌浩茫然地抬頭仰望，玉依公主也跟他一樣，瞇起眼睛仰望著柱子。

「這是地御柱……這根巨大的柱子，可以說是這個國家的柱腳基石。」

「地御柱？」

好陌生的名詞，昌浩在大腦裡拼湊漢字的寫法。

所謂國家的「柱腳基石」，應該只是象徵性的意義吧？存在的本身更為高貴且不可或缺的柱子，應該是坐鎮於京城的當今皇上吧？

身為天照大御神後裔的當今皇上，可說是如國家基石般的存在。

居萬民之上、地位崇高的皇上，其存在本身就是國家安寧的關鍵。失去了皇上，國家就會傾覆。

「難道是皇上發生了什麼事……」

昌浩喃喃地問，但是玉依公主輕輕地搖頭否定了。

「不……不是皇上。」

「不是？」

玉依公主點點頭，指著柱子說：

「這根柱子是真的支撐著這個國家。你看得到吧？」

昌浩專注地望向公主纖纖玉手所指的地方，看到柱子上好像被黑繩般的東西密密麻麻地覆蓋了。

看得見的部分都纏繞著黑繩。

「那是……」

昌浩正要往前踏出一步時，被玉依公主拉住肩膀拖了回來。

「現在的你會被那東西吞噬，不可以靠近。」

昌浩回頭看玉依公主。她正凝視著柱子，眼神看起來鬱鬱寡歡。

昌浩又轉回來，注視著柱子。

纏繞在柱子上的東西似乎微微蠕動著。

就在發現這景象的瞬間，昌浩覺得全身寒毛直豎，好像有什麼東西窸窸窣窣地從肌膚底下爬過。

他不由得往後退縮，動作有點像是靠向了玉依公主。

「啊……對不起。」

昌浩驚慌失措地道歉，玉依公主搖搖頭，席地而坐。

看到玉依公主端坐下來看著柱子，昌浩也跟著在她旁邊坐下來。

仔細聽，就會聽到從遠處傳來類似地鳴的聲響。

似乎正漸漸地靠近。

「地鳴……」

昌浩憂慮地皺起眉頭，身旁的玉依公主說：

「……正在痛苦掙扎。」

昌浩眨眨眼，望著玉依公主的嘴角。公主注視著柱子，動也不動。

高大的黑色柱子看不見盡頭，地鳴聲是來自遙遠的上方。

昌浩的思緒一片混亂。應該是地面震響才會產生地鳴，然而，現在的地鳴聲卻是來自上方。

他把手貼放在地上，不禁毛骨悚然，因為感覺得到下面有微微的脈動。

啊，這是氣脈的搏動。

儘管不知道發生了什麼事，昌浩還是很自然地這麼想。

是誰在痛苦掙扎呢？

玉依公主嚴肅地回答了昌浩的疑問。

「支撐這個國家的神正在痛苦掙扎著。」

說著，她難過地嘆了口氣。

「我的祈禱再也無法傳達給神了。」

再也傳達不到了，傳不到天上或地下。

「我不停地祈禱，但是都得不到神的回應……」

偶爾，真的只是偶爾，天神會把旨意傳達到她心中，她就把神的旨意當成言靈，傳達給神官們。

必要的時候，她會執行祭神儀式，再由物忌進行實質上的祭祀。

她只要祈禱，請神降下旨意。

這就是她存在的意義。

注視著柱子的玉依公主，視線轉向了默默看著自己的昌浩。

「你的心有嚴重的創傷。」

昌浩點點頭，現在他已經知道了。在此之前，他一直在逃避，但是總不能永遠逃避。

「屬於黑暗的魔物最喜歡你這種創傷，帶著這樣的傷，心和靈魂都會扭曲、變形。」

直直延伸的光芒若是彎折，就會在彎折處產生偏斜。偏斜會產生縫隙，引來黑暗。

人類的心太過脆弱，很容易沉入黑暗中。昌浩不是不知道，只是覺得那種事有點脫離現實，沒什麼真實感。

直到自己差點墜入黑暗，他才知道是真的。

至於是怎麼回事，得靠自己去體會，才能明白真相。

「你的心非常脆弱。你自以為堅強，其實是脆弱的、膚淺的、醜陋的……也因為這樣，你才能追求光芒，讓你的心更加光亮。」

因為傷得太重，加深了昌浩體內的黑暗部分。而黑暗有多深，就能擁有多強烈的光芒。

「今後，你每次成長，都會一再地受傷，但是千萬不要被黑暗吞噬，若被吞噬，這根柱子就會斷裂。」

這裡是現實與夢殿之間的狹縫。

夢殿裡住著死人與神。

地御柱是神的東西。人若被黑暗吞噬，就會淪為凌辱神的工具。

失去了人類的心，一旦在破壞中找到喜悅和安樂，就會不停地破壞，直到摧毀一切。

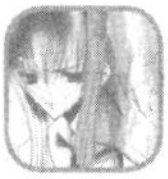

「被黑暗吞噬後，就會在陷害他人、傷害他人中得到快樂，把跟自己相關的人，統統拖到沉淪後的自己所在的地方。這些都是死後也不會消失的業障，即使再投胎轉世，也會重蹈覆轍。」

那就是人模人樣的魔鬼，與外型也完全產生變化的魔鬼不一樣，是乍看之下根本看不出真面目的可怕魔鬼。

「在這世界上有無數的人，心早已被摧毀，淪落為鬼，只是還保有人類的外貌。鬼討厭神、討厭光，而光就是神。」

玉依公主稍作停頓，站了起來。

「人們心中不再有神之名，而被遺忘的神，神威將逐漸變得薄弱。這就是屬於黑暗的邪惡東西真正的目的，所以才會變成那樣……」

昌浩也站起來，抬頭看著玉依公主。

「是不是把像繩子的東西割斷就行了？」

割斷那東西後，從柱子上剝離，柱子就不會碎裂了吧？

公主低頭看著昌浩，悲哀地搖了搖頭。

「割不斷啊！就算割得斷也得從根部割，否則那東西會再爬滿柱子上。」

「那麼請告訴我，要怎麼樣從根部割斷？」

玉依公主沒有回答昌浩的問題，她望著柱子，瞇起了眼睛。

「你的心底深處還潛藏著與黑暗相連的東西，千萬別放開。」

昌浩下意識地按住自己的胸口。

那地方有堅硬的觸感，昌浩不用低頭看，也知道那是什麼。

胸口深處好痛，心還強烈動盪著。

自己真正想做的是什麼事呢？那麼積極地想要變強，又是為了什麼？

想保護她、想遵守承諾，都是為了誰呢？

差點忘了，全都是為了自己。

不是為了她才想保護她，而是為了自己才想保護她。

不是為誰遵守承諾，而是為了自己。

不想違背諾言的，是自己的自尊、自己的心。既然想變強的是自己，那麼，不敢面對脆弱、隱藏膚淺與醜陋的，當然也是自己。

啊！沒錯。

昌浩喃喃地說著。

「我……還什麼都做不到……」

7

聽到昌浩這麼說，玉依公主疑惑地問：

「你為什麼這麼想呢？」

她真的很疑惑，又微傾著頭問了一次：

「為什麼？」

「咦……」

昌浩一時答不出來，陷入沉思。

自己還是個半吊子，有太多、太多不懂和做不到的事還達不到自己的期望。每每有什麼事發生時，就會看見自己與當成目標的那個背影之間，有多大的差距。

昌浩老實地說出自己的想法，玉依公主對他搖搖頭說：

「不……絕對沒這種事。你只是忘了，這一路走來，你已經一關一關地克服了。」

實在太痛苦了，而痛苦是因為自己什麼都不能做，所以寧可想成是自己什麼都不會，沒有辦法。

昌浩動搖了，心底深處震盪不已，一陣騷動，捲起狂風暴雨般的波濤。

「如果將粉碎這根柱子的是墜入黑暗的人心，那麼可以保住這根柱子的，就是持有光芒的人心。」

人可以成為任何一方。處在狹縫時，選擇了其中一方，道路就從此分歧了。

玉依公主悲戚地淡淡笑著。

「我恐怕……再也沒有機會跟你這樣交談了，所以千萬不要忘記我說的話。」

她雙手托住昌浩的臉頰，垂下了視線。

「你很可能成為任何一方，所以我找來那個人，把你帶回光芒之處。至今為止，那個人還不曾出現在熟識的人夢中。」

那個人應該就是剛才見到的榎豈齋。

住在夢殿裡的人可以出現在人的夢中。既然他不曾出現過，表示祖父從來沒有夢見過他。

他說過好幾次自己做錯了，可能是認為自己做錯了，不能見祖父。

忽然，玉依公主又開口說話了。

「我希望你能守住這根柱子，割斷纏繞柱子的黑繩。」

昌浩有點不知所措，因為她的語氣突然變了，原本柔細的聲音也變得渾厚、低沉。

「要怎麼做……」

她剛才明明說割不斷啊！

玉依公主張開了眼睛。

「有個人的心被黑暗吞噬了，我要你把那個人的心從黑暗中救出來，就是那個人製造出來的黑繩，包住了這根柱子。」

「那個人是誰？」

「……」

玉依公主沒有回答。

然後她放開昌浩，面向柱子。

「神的旨意已經傳不到這裡了。」

昌浩眨了眨眼睛。
玉依公主所說的神是……？
他搞不懂，愈聽愈糊塗，玉依公主到底想告訴他什麼？
絞盡腦汁地拚命思考後，昌浩終於想通了。
因為他試著用人類的思考方式去理解，才會變得這麼困難。
昌浩想起貴船的祭神高龗神。那個神也會看場合說不同的話，而且說的話常常讓人一頭霧水。
不能用人類的心去揣測神的思想。
神的言語跟人類不一樣，有時意思正好相反，有時相同。
昌浩忽然想到。
神的旨意。
他開始挖掘記憶，重新審視自己與玉依公主之間的所有對話。
玉依公主的語調突然產生了變化，從原本的沉靜、帶著些許柔和，轉變成嚴肅而堅定的聲音。

昌浩倒抽一口氣，不由自主地往後退了一步。

凝視著柱子的玉依公主的臉，似乎與其他面孔重疊了。

散發著淡淡磷光的那張臉龐，不是玉依公主的臉。

「是神……」

不知道是什麼神，總之，她已經不是在此之前與昌浩交談的玉依公主。昌浩只知道，有完全不同的意志控制著她。

正如她的名字，玉「依」公主是供神降臨的「依」附體。

她慢慢地轉向昌浩，眼眸深處閃爍著似曾相識的強烈光芒。

這讓昌浩想起龍神那深藍色眼眸深處的光輝燦爛。毫無疑問，這就是神的眼睛。

「你要保住地御柱，保不住的話，這個國家就會滅亡，這是國家的基石。」

昌浩挺直了背脊。

「那麼，請告訴我該怎麼做？」

「把皇上的女兒帶來我這裡，而不是伊勢。」

祂說的是內親王脩子。可是神詔是要把脩子帶去伊勢，為什麼會變成這裡，而不是伊勢呢？

「不可以讓她去伊勢，否則她會喪命。」

昌浩倒抽了一口氣。

一直以來，他都以為自己沒什麼機會再見到脩子。

現在祖父和彰子都跟在脩子身旁。如果說脩子會喪命，那麼恐怕也會波及跟在她身旁的人吧？

「為什麼會喪命？」

「到伊勢後，她會被迫擔任女巫。因為久雨不停的關係，伊勢的神氣變得非常稀薄，聚集了很多追逐光芒的魔物。」

魔物們最喜歡的就是年幼的女孩。

「在伊勢，她會成為活祭品。失去生命後，至今保有的光芒就會消失，因為皇上的女兒也是天照大御神的靈魂分身。」

天照大御神是皇家的祖先，如今天照大御神的光芒卻照不到這個國家。

由於脩子的生命是神的靈魂分身，所以在伊勢奪走了她的生命，就能製造出「在遙遠神話時代，天照神躲進岩洞深處時」的狀態。

神話中的天照大御神，後來打開岩洞，又現身地面了。然而脩子畢竟是人類，生命十分脆弱，一旦被奪走，就不可能再活過來了。

昌浩的心臟跳得異常快速。

再這樣下去，跟在脩子身旁的彰子也會有危險。

玉依公主默默看著臉色逐漸發白的昌浩，表情沒什麼改變。也許對神來說，人類心情的波動只是微不足道的小事吧！

應該已經癒合的傷口，好像又開始疼痛了。豈齋明明說過，經過縫補癒合的傷口不會再裂開了。

不是傷口裂開，而是當心情產生波動時，就會喚醒疼痛，因為還在記憶裡。要讓疼痛跟傷口一樣成為過去，還需要很長一段時間。

昌浩按著胸口，做了好幾次深呼吸。在夢與現實之間的狹縫處，這樣的疼痛更是劇烈，好像在宣示自己的存在。原本看不見的傷口，在這裡完全真實呈現，不，也許傷口更深。

昌浩跪坐下來，原本看著他的玉依公主，此時轉過身去，面向柱子攤開雙手。

瞬間，黑暗變得更濃烈了。

地鳴聲漸漸響起。柱子融入了黑暗中，玉依公主的身影也摻雜在內消失了。

呼吸急促的昌浩，努力讓自己的心平靜下來。

他非走不可，但要去哪裡？

他非保護某人不可，但要保護誰？

深深吸口氣後，昌浩夢囈般地喃喃說著：

「我要去……我要去彰子那裡！」

要保護的人，是無可取代的彰子。

誓言不是為了任何人，而是為了自己。因為自己想保護彰子，所以不管有多疼、多痛、多難過或傷得多重，他都要去。

白色身影出現在單膝跪地的昌浩身後。

「你的心……還要很久才會平靜下來。」

昌浩表情扭曲地回過頭看。

「妳是……」

是在有巨大三柱鳥居的洞穴裡，跟玉依公主在一起的女孩。

女孩繞到昌浩面前，看著他的胸口，眨了眨眼睛。

「看樣子，很快就會再裂開……」

昌浩的心臟撲通猛跳了一下。

女孩瞇起眼睛說：

「那是疼痛的記憶。傷口已經癒合了。不要再被痛苦的記憶所束縛，不斷地苛責自己了。」

女孩嘆口氣，把手伸向昌浩的額頭。

「我會幫你除去疼痛，條件是你要幫我一個忙。」

昌浩張大了眼睛。

就快到巳時了。

在垂水的臨時住所，還持續著該不該啟程的爭論。

守直主張盡快啟程，但是脩子因為身心都過度疲憊，正在發燒。

侍女雲居認為，考慮到脩子的身體狀況，最好在這裡停留幾天休息，而且她非常堅持，不肯讓步。

「應該第一優先考慮公主的身體，停留一、兩天讓她靜養。」

「雲居小姐，可是這裡只是臨時住所，又在找不到藥師的深山中。與其留在這裡，還不如趕快去伊勢，等到達齋宮寮再讓她好好休息。」

守直還是固執己見，侍女擋在他前面，氣憤地說：

「您要才五歲的公主抱病越過鈴鹿山頭嗎？」

頓時，守直也沉默下來了。

前方的鈴鹿山頭，在伊勢的齋王群行時被視為最險峻的路程。即使搭乘轎子，要在那麼陡峭的山路間行進也是很危險的事。

「可是昨晚來襲的虛空眾，說不定會再來。最好的辦法就是趕快進入伊勢境內，那裡的神宮有天照神的強力保護。」

守直說什麼都不肯退讓。

風音狠狠地瞪著他，眼神銳不可當，看得守直都有點畏縮了，沒想到區區一個侍女也有這樣的眼神。

「虛空眾應該還沒有放棄公主，為了抓走公主，他們會不計一切手段。昨晚幸虧只有幾個人受傷，下次說不定就會有人喪命了，最好在那之前……」

守直逼上前來，神情十分急迫，一副要推開侍女，直接闖入公主房間的模樣。

但是侍女擋在屏風前，攤開雙手擋住了他。

「若是過度疲勞，可能會讓公主的狀況更加惡化，所以您放棄吧！守直大人。」

被侍女如此斬釘截鐵地駁回，守直緊緊抿住了嘴唇。

他站在那裡瞪著侍女好一會後，黯然轉身離開了。

侍女文風不動地站在原地，直到他的身影消失。

一股神氣在她身旁顯現。

「風音，妳很兇呢！」

太陰感嘆地說。風音困擾地皺著眉頭說：

「都怪他要公主現在出發啊……」

風音說得沒錯，受到昨晚的衝擊與震撼，脩子正在發高燒。

不只脩子，彰子也是。

太陰嘆口氣說：

「彰子小姐也飽受精神上的煎熬……」

強忍至今的情感像決堤般傾瀉而出。

儘管如此，她還是從床上爬起來，陪在脩子身旁。

晴明一直在為她們兩人進行病癒的祈禱，但是即使因此退燒了，要她們馬上出發也太嚴苛了。

六合在風音旁邊現身。

「要不要乾脆用太陰的風，把公主和彰子小姐先送到伊勢？」

太陰與風音不由得互相看了看。

六合又用缺乏抑揚頓挫的語調說：

「晴明可能會很為難，可是，想想她們兩人的狀況，總比搭轎子在雨中趕路好多了。」

「你說得沒錯……」太陰表示贊同，卻深深皺起了眉頭，戰戰兢兢地說：「可是我怕搭乘我的風，說不定狀況會愈來愈糟。」

太陰很了解自己。她很願意送她們，可是一想到脩子與彰子的身體狀況，就覺得這不是什麼好方法。

她說得一點都沒錯，六合也沉默下來了。

站在兩人之間的風音舉起一隻手說：

「等等，我覺得還是不要讓她太早進入伊勢比較好。」

風音這句話完全出人意料之外，讓太陰張大了眼睛。

「咦，為什麼？」

六合的眼眸也浮現淡淡的驚訝，只是沒叫出聲來。

風音交互看著他們兩人說：

「我只能說，這是我的直覺……」

在場的太陰和朱雀去確認過，要脩子赴伊勢的神詔是真的。

晴明的占卜也得出了這樣的結果。然而，不知道為什麼，有某種東西擾亂著風音的心。

真的該去伊勢嗎？

六合默默地看著臉色凝重的風音。她與神血脈相連，所以她的直覺應該不會輸給身為陰陽師的安倍晴明。

不，因為這件事牽扯到神，所以她的危機感說不定更強烈。

她開始想把啟程的日子儘可能往後延，爭取時間。可能的話，先趁這期間進入伊勢，弄清楚自己的直覺到底是怎麼回事。

有安倍晴明在這裡，就不必擔心脩子她們。自己只溜出去一天，應該還不至於出什麼問題。

風音才說完，六合就微微皺起了眉頭，他有話想說，但什麼都沒表示。

倒是太陰說：

「嗯……聽妳這麼一講，就覺得不能置之不理。到底是怎麼回事？」

「我就是要去查啊！還得跟晴明說一聲……」

先越過鈴鹿山頭，再馬不停蹄地趕往齋宮寮，就算現在立刻出發，最快也要晚上才能到。

「妳不在的話，公主會很不安吧？」

太陰微傾著頭問。風音苦笑著說：

「有嵬陪著她，應該不會吧……」

昨天晚上，烏鴉也有耀眼的表現。太陰沒有親眼看見它的英姿，但是聽沉默寡言的同袍說，它從「虛空眾」這個戰鬥集團的首領手中，轟轟烈烈地救出了脩子。

嵬到現在還是被脩子緊緊地抱在懷裡。少了這團黑色物體，脩子就會馬上醒過來，但風音囑咐過要讓脩子好好睡覺，所以嵬即使再怎麼不情願，還是窩在脩子的被子裡。

風輕輕地拂動。

「唉！真是……」

從屏風後走出來的晴明深深嘆息著。

「晴明大人。」

風音出聲招呼他，他臉色沉重地說：

「我對她們施了法術……不過，最好還是讓她們繼續休息。」

果然如此。風音和太陰都發出了嘆息聲。

太陰舉起一隻手說：

「晴明，剛才六合……」

「怎麼樣？」

聽完六合的提議，晴明「嗯～」了一聲，環抱雙臂沉思著。

若靠風運送，的確很快，但是聽說了風音的直覺之後，晴明也覺得最好不要那麼做。當然，太陰的風太過搖晃也是考慮因素之一。

「我也覺得，不只公主，連彰……連藤花小姐的狀況都那麼糟，最好還是留在這裡靜養。她們兩人都太疲憊了，身心都是。」

聽到晴明這麼說，三人都點頭表示贊同。

從年輕時就經歷過種種困難的安倍晴明，還有跟隨他的十二神將、被迫嘗盡苦難的風音，不管發生了什麼事，都不會感到多大的震撼。但是，脩子是第一次離開京城，而且是告別家人，帶著使命去沒有任何親人的伊勢。是「為了母親、為了父親」的想法，支撐著她走到這裡，在精神已經緊繃到極點的狀態下，還被來歷不明的敵人攻擊，甚至差點被綁架！這時候再強求她做什麼，實在太殘忍了。

彰子的心也耗損得差不多了，晴明實在不想看到她過度勞累。

正當他煩惱著該怎麼說服守直時，風音對他說：

「晴明大人，我想先去伊勢一趟。」

「去伊勢？」

「是的，我覺得天照神下的神詔有點奇怪……」

忽然，風音停頓下來，黑曜石般的雙眸閃過厲光。

太陰與六合也全身緊繃。

晴明覺得全身寒毛瞬間直豎，跟昨天一樣，鳥與野獸的氣息包圍了臨時住所。

「什麼時候被佈下了結界……?!」

太陰倒抽了一口氣，晴明對她下令：

「太陰，快去保護公主和彰子小姐！」

「是！」

太陰回話後，「啊」地輕叫了一聲，因為晴明在忙亂中叫出了彰子的名字。

「晴明，小心點！」

太陰邊提醒他，邊衝向屏風。晴明心頭一驚，皺起了眉頭，因為他發現太陰在暗示他什麼了。

「糟糕！」

晴明邊在嘴裡嘟囔，邊結手印佈下結界保護臨時住所。

風音與六合立刻衝到外面。

果然，漆黑的野獸與鳥群已經包圍臨時住所，擺出就要撲上來的姿態，不斷發出恐嚇的咆哮聲。

雨不見了，雨滴都被巨大的結界彈開了。看到跟昨晚一樣的虛空眾，兩人都不禁懊惱地咂咂舌。

看樣子，昨晚的事又會再次發生。

風音把披在肩上的外衣收在屋內淋不到雨的地方，接著拔出了藏在袖口中的懷劍，低聲說：

「如果再出現益荒和阿曇，我們就應付不來了。」

益荒和阿曇兩人似乎與虛空眾為敵，但是，雙方都想得到脩子，這個目標是一致的。雖然他們不至於攜手合作，不過現在出現還是很麻煩。

風音他們非保護脩子不可，如果兩派敵人同時發動攻擊，為了防備，戰力就會減半。

屋裡進不去。晴明佈下了結界，沒有他的允許，任何人都進不去臨時住所。

全身漆黑的野獸咆哮著撲跳過來。

六合的神氣把它們都拋飛出去了。

被彈出去的野獸下方冒出一群虛空眾，快步衝向了兩人。

六合不甘心地咂了咂舌。對方是人類，他只能用神氣把他們彈開或是用結界阻擋，不管怎麼樣，他就是不能出手傷人。

在外衣與單衣下穿著短裙裝的風音看出六合在想什麼，跳了出來。

她用懷劍擋開砍過來的刀刃，響起金屬相撞的鏗鏘聲。

「風刃！」

單手結印的風音，喊出來的咒文化為無數刀刃，法術擊中衝上來的三名虛空眾，把他們遠遠地拋飛出去。

立刻有新的刺客取代那三名，衝向了他們兩人。其中兩名被擋住，另外沒被擋住的兩名成功地闖入了臨時住所。

「晴明大人！」

風音放聲大叫。正手持銀槍殲滅野獸的六合才剛轉身，就聽到建築物後面響起轟隆爆裂聲。

「唔……！」

有人短短慘叫一聲。

風音與六合都愣住了，因為那聲音是……

「彰子小姐?!」

連六合都大驚失色，心想晴明不是跟她在一起嗎？

他轉向風音，看到風音默默地對著他點頭，他立刻衝進了臨時住所。

翻倒的屏風後有好幾個身影。

脩子房間的牆壁裂開了，像是被法術爆破的。

開了大洞的牆壁前方是庭院，安倍晴明正在那裡結手印，與虛空眾對峙。

太陰使出全力，打落漆黑的鳥群。

黃褐色的眼眸瞬間掃過室內。

彰子背靠著牆，表情驚嚇不已，看來像是被拋到了那裡。

六合搜尋著公主的下落，發現她正蜷縮在床上，守直攤開雙手站在她前面，與一名虛空眾對峙。

六合大感疑惑，守直應該待在後面才對，什麼時候跑來了？

守直把縮成一團的脩子擋在自己背後，與那名虛空眾互瞪。

過了一會，那個虛空眾眨眨眼睛說：

「你是……磯部守直……？」

守直愣了一下。

他忘了有刀正對著自己，傾身向前說：

「你是……？」

蒙面的虛空眾眼中閃過熾烈的光芒。

「你還活著……?!」

8

祭壇設在海津見宮的西廂內，度會禎壬端坐在祭壇前方。

已經一個多時辰了，閉目坐在蒲團上的度會族長老沒說過半句話。

潮彌面無表情地注視著他的背影。

虛空眾很快就會把公主帶來了。

這個女孩跟齋不一樣，可以確實完成物忌的重責大任。

這樣就可以將物忌該執行的祭神儀式交託給她了。

潮彌緊緊抓住了雙膝。

齋最好趕快消失。只要沒有她，這座島嶼就會恢復以往的平靜。

那個禁忌的女孩最好趕快消失。因為有她，才擾亂了所有的一切。

然而，齋現在卻還是生活在海津見宮的東廂裡，陪伴著在祭殿內不斷祈禱的玉依公主。

齋其實是個阻礙。有她在，玉依公主的力量就會逐漸減弱。

應該奪走齋的力量，全部獻給玉依公主，這麼一來，公主的力量說不定就會恢復了。潮彌沒有親眼見過公主的力量，但是，聽資深的神官們說過很多關於她的事。

據說，玉依公主可以請來很多神。

伊勢的齋王是天照大御神的女巫，只能聽到天照大御神的聲音。

而玉依公主可以請來所有坐鎮在高天原的神，包括「三貴子」在內，也就是天照大御神、月讀尊、素戔嗚尊。

不只如此。

還有以三柱之神為首的別天津神，以及之後誕生的神世七代。③

海津見宮以天御中主神為主祭神，共祭祀十七柱神明。

由於擔任物忌，齋才能存活到現在。潮彌聽很多神官忿忿地說過，因為沒有其他適合的童女。

那個任性的女孩根本沒什麼力量，卻仗恃著益荒與阿曇的保護，完全不聽他們的話，是個無能的物忌。

「要趕快把皇上的女兒帶來……！」

聽說內親王脩子才五歲，只要她一來，就可以把齋辭退，再也不用看她那張討人厭的臉了。

玉依公主也可以從此過著平靜的生活吧？

潮彌小時候，在擔任神官之前，有一次偶然見到了公主。

那是在島嶼西岸不太會有人去的岩石地。

他驚鴻一瞥，見到了公主在月光下明豔動人的美麗容顏。

當時，他就許下了承諾，要把一輩子都奉獻給公主。

並不是所有度會族人都會留在神宮侍奉神明，想離開島嶼的人，也可以去其他地方，條件是絕對不能說出海津見宮的事。

如果洩漏神宮的事，第二天屍首就會在海上漂浮。

與神職分屬兩個極端的地下軍團「虛空眾」，就是為了守護海津見宮的秘密而成立的。

但是，伊勢的度會、荒木田與磯部的族人，都不知道虛空眾的存在。虛空眾正如他們的名字，總是張大眼睛，從空中盯著所有人，而身影又像風一樣虛無縹緲。

至今為止，凡是見過他們的人，都沒有活下來。

潮彌低著頭，瞇起了眼睛。

現在，虛空眾應該已經搶到皇上的女兒了。

其他跟隨內親王來的人，恐怕都變成死屍，在垂水山中淋雨了。

從祭壇回到東廂的齋，走向了昌親和小怪所在的房間。

雨聲響著。

齋彎過拐角進入房間，便停下了腳步。

她沒看到那隻白色異形。

昌親發現她的視線好像在搜尋什麼，就眨眨眼睛問她：

「怎麼了？」

齋沉默以對。

昌親望向她視線落定的地方，「啊」地露出了恍然大悟的表情。

「騰蛇……白色異形在屋頂上。」

「屋頂？為什麼？」

齋拉下了臉，那眼神好像在說「不要亂跑嘛」。

昌親苦笑著說：

「它真的只是爬上屋頂而已，待在這裡什麼都不能做，讓它愈來愈煩躁，所以它上去淋雨，消消火氣。」

並不是小怪上屋頂前這麼說過，而是昌親自己觀察心浮氣躁的小怪，看到它甩著尾巴、擺著一張臭臉爬上屋頂，就大約猜到是這個理由了。

而且應該沒猜錯。

「是嗎……？」

齋只是這麼回應，但看得出來她還想說些什麼。

微低著頭的她，頭髮上卡著白色的東西。

昌親思索著會是什麼呢？仔細一看，發現是紙張燃燒後的灰燼。

「妳的頭髮上有灰。」

齋眨了一下眼睛，舉起手想拍落灰燼，但是勉強成形的灰燼一碰觸就散開了，更緊緊黏在頭髮上。

皺起眉啪噠啪噠拍著頭髮的齋，手勢看起來有點笨拙。

可以看出，這類生活瑣事都是益荒或阿曇在幫她照料，那兩個人有多麼、多麼愛護齋，連旁人都感受得到。

散開的灰燼還留在她烏黑潤澤的頭髮上，她拍幾下就放棄了，昌親對她招著手說：

「過來，我幫妳拍掉。」

齋後退一步，繃起稚嫩的臉。

昌親很有耐心地叫她過來。她懷疑地看著昌親，眼神充滿警戒，慢慢地靠近他。

「……」

「嗯，坐在這裡。」

昌親指著自己的膝蓋前方。齋緊緊抿著嘴唇，默默地坐下來，端正坐姿。

低著頭的齋，頭上漩渦稍微偏右的地方沾滿了散開的灰燼，像一片白沙。

昌親微傾著頭，仔細地幫她清除乾淨。

「等一下最好洗一洗。」

齋抬眼看了昌親一眼，接著默默地撇開視線，站起來轉身離去。

但是她沒走幾步就停下來了。

她背對著昌親說：

「那個叫昌浩的人……」

昌親眨眨眼睛。齋微低著頭，黑髮披散開來，昌親看不見她的表情。

「為什麼那樣苛責自己呢？」

她看得見昌浩的創傷，但看不見創傷的原因。

她只是清楚地看見，昌浩的心底深處受到嚴重創傷，正淌血、喘著氣，哭得呼天搶地。

若是玉依公主，就可以看到創傷之前的事，齋就做不到了。

她小小的背影看起來忽然有點侷促不安。

昌親謹慎地回答她說：

「聽說是因為沒能實現重要的承諾，也沒能保護重要的人。」

女孩的肩膀微微顫動著，但她沒有回頭，又繼續說：

「我可以問為什麼嗎？」

「對不起，我也不知道詳細情形。」

齋轉頭往後看，觀察昌親的表情。

昌親正沉穩地看著她，眼神十分柔和。在海津見宮，只有益荒和阿曇不會對她抱持敵意。

除了他們兩人之外，她不信任任何人，所有神官都恨她，恨她的存在、恨她的身世、恨她的出生，當她是禁忌。

「比生命還重要嗎？」

聽到她拋出的問題，昌親思考了一會說：

「不知道呢……」

齋驚訝地眨著眼睛，昌親平靜地瞇起眼睛說：

「我想他應該想都沒想過這種事吧！只是很珍惜對方，所以想保護對方，不想違背諾言，我想一定是這樣。」

女孩的眼眸瞬間動盪了一下。

「他沒能保護重要的人？」

「對。」

「是指差點失去那個人嗎？」

昌親默默地點點頭。劍就在眼前插進了彰子的身體，對昌浩來說，這應該就是意味著將失去彰子。

很多事重重交疊，造成了昌浩心中的創傷。原因不只一個，有很多重要因素，昌親認為那應該只是一個開端。

「差點失去重要的人，就會受傷嗎……？」

這麼低語的她，忽然撇開了視線。

「那麼……」

雨聲澌澌。女孩的低語太過微弱，被雨聲掩蓋了。

昌親正想問她說了什麼時，白色異形從屋頂跳下來，在屋簷下抖動身體，把水甩乾。

齋望著跟雨滴不一樣的飛沫濺開來，像在看著什麼不可思議的景象。

小怪才走進房內，她就跨出步伐，走出去了。

蹬蹬蹬走到昌親身旁的小怪納悶地皺起了眉頭。

「怎麼了？」

「沒什麼，她剛才好像說了什麼，我沒聽清楚。」

小怪的眼睛閃爍了一下。

「她說……會忘記就表示不重要。」

昌親張大了眼睛。

小怪把耳朵往後甩。以異形的模樣那麼做，看起來真的就像動物。

看到昌親的表情，小怪半眯起眼睛說：

「又怎麼了？」

「我在想，你的聽力真好呢！」

「當然，我是神將啊！」

昌親點點頭，轉移視線看著齋離去的走廊。

會忘記就表示不重要？

這意味著什麼呢？

「昌親啊……」

小怪的聲音有點嚴肅，昌親立刻挺直了背，夕陽色的眼眸閃爍著銳光。

「情況不太對勁，聚集在西廂的神官們偷偷摸摸地在討論什麼。」

會討論什麼呢？

昌親露出猜疑的表情，小怪神色沉重地說：

「我不敢太靠近……對了，益荒跟阿曇到哪裡去了？」

被小怪這麼一問，昌親也呆住了。

說得也是，總是陪在齋身旁的那兩個人從剛才就不見蹤影。

昌親與小怪互看一眼。

「你待在這裡。」

小怪交代完就轉身走了。

✱ ✱ ✱

安倍晴明與黑衣術士相對峙。

「虛空眾！」

昨晚才來過，現在大白天又出現，可見他們急著在進入伊勢前攔截脩子。

這麼不想讓脩子進入伊勢，究竟是為了什麼？

兩名術士互瞪著，彼此都不退讓。

「你還活著……?!」

從臨時住所傳來的怒吼灌入晴明的耳朵。

老人稍微往那邊瞥了一眼，虛空眾沒有放過這瞬間的破綻。

看到對方踏地一躍而起，直直撲向了自己，晴明想往旁邊閃，腳卻被泥濘絆住，整個人失去了平衡。

「啊……！」

從上空傳來緊張的叫聲。

「晴明！」

瞬間，太陰的風纏住老人，把他推向了空中。

虛空眾的白刃掃過剛才晴明脖子的位置。結果沒砍到脖子，只把雨滴砍成兩半，四處飛濺。

「啐！」

虛空眾咂舌唾罵。風音跑到他們背後，步步逼近，揮刀砍殺他們，虛空眾在千鈞一髮之際閃開，翻滾著逃過一劫。

在水與泥濘濺起的聲響中，混雜著微弱的慘叫聲。

守直把自己的身體當成盾牌，不肯交出脩子，結果右肩被虛空眾的白刃深深刺入，然後，刀刃又斜斜地往下劃開。

「唔……！」

守直發出呻吟聲，趴倒在地，痛苦地翻滾著。被他擋在身後的脩子滿臉驚恐，全身僵硬，虛空眾把手伸向了裹著大外衣的她。

「來吧！公主，我帶妳去我們的神宮。」

「吁……」

脩子呼吸急促地拚命搖頭。由於聲音出不來，身體也不能動，所以她只能這樣表示拒絕。

被拋出去撞到牆壁的彰子感到頭暈目眩，站不起來，緩緩地轉動著脖子。

虛空眾抓住幼小的脩子，抱起了她。

「公……主……」

彰子使出全身力氣，試著讓又熱又痛的僵硬四肢動起來。

要保護人真的很困難，只會覺得自己好無力。

彰子忽然這麼想。

沒錯，只會覺得自己好無力。她從來不知道，儘管竭盡全力卻還是做不到，是這麼教人沮喪的事。

因為自己總是被保護的一方、總是求救的一方，也總是尋求保護的一方。

當昌浩負傷停滯在原地時，自己卻逃離了他。說真的，這種時候更應該陪在他身旁。

她受不了就逃開了，因為不想讓昌浩看到那樣的自己。

「公……主……！」

彰子搖搖晃晃地站起來。虛空眾根本沒把纖弱的彰子放在眼裡，只有晴明、神將們和風音注意到她的行動。

不行，絕不能讓公主被帶走，要不然自己來這裡就沒意義了。

彰子全力衝撞那名虛空眾，因為毫無防備，男人頓時鬆開了手。彰子緊緊抱住脩子的小小身體，連爬帶滾地衝出了臨時住所。

她腳步凌亂地絆倒在地，雖然被結界覆蓋的瞬間，雨就停了，但庭院還是遍地泥濘。剛換上的衣服變得髒兮兮的，但她懷中的脩子毫髮無傷。

「小姐！」

彰子聽到太陰的叫聲。同時一陣風颼颼颳起，飛來男人憤怒的吼叫聲。

公主從她滿是泥巴的懷中被搶走了，她伸出去的手也被打了回來。

抓不到公主。

心臟在胸口撲通撲通猛跳。

那時候的昌浩也是這樣嗎？

昌浩伸出來的手沒抓到她，最後只能眼睜睜地看著劍插入她身體。

抓不到、抓不到。

保護人是這麼困難的事。

「公主！」

傳來風音的聲音。

對不起，我總是被保護，所以什麼也不知道。

野獸的咆哮與鳥的鳴叫迴盪繚繞著。

彰子奮力撐起身體，淚水從她沾滿泥巴的臉頰滑落下來。

「公主！」

當她發出椎心的叫喊時，另一個清晰響亮的聲音幾乎劃破她的耳膜：

「縛——！」

✖ ✖ ✖

風徐徐吹來，是海風。

小怪停下腳步，抽動鼻子仔細聞。

「怎麼會這樣？」

它往齋消失的地方走去，竟然從裡面吹來海風。

最北棟的建築裡，有座面向大岩石的祭壇。

小怪又停下來，小心地觀察四周。

「有氣息……」

應該說是神氣吧！

這裡飄蕩著莊嚴的神氣。西廂好像也有祭壇，但這裡的神氣更強、更熾烈，可能是祭祀的神明不一樣。

岩石上掛著注連繩，可能就是神體。

它躡手躡腳地走向祭壇，停在岩石前。

除了它進來的地方外，沒有其他出入口。

小怪滿臉困惑，心想總不會是這裡吧？

就在它徘徊著走來走去時，聽到微弱的聲響，它靜止下來，豎起耳朵聆聽。

是腳步聲，來自岩石的另一邊。

小怪抖抖耳朵，在岩石上又拍又摸，應該有縫隙可以鑽進去，要不然就是這個岩石會動。

只要恢復原貌，就可以輕易推動這種大小的岩石。

就在它為了變回原貌而解放神氣時，重甸甸的岩石動了起來。

「原來是對神氣有反應啊……」

在眾神居住的地方很少看到這樣的機關。不被神接納的人，就不能踏入岩石後面的岩洞。

為什麼會對自己的神氣產生反應呢？它也很懷疑，但還是決定小心進入岩洞探查。

風從下面吹上來。

夜間視力也很好的小怪，看見有石階通到下面。

海風是從地下吹來的，所以可能與海相連。

它正感訝異時，發現四肢下的地面微微震動，因而皺起了眉頭。

「地鳴嗎……？」

小怪甩了甩尾巴。不知道昌浩是不是被帶來這下面了?它回頭看岩石前的祭壇，原來是設在岩洞前，而不是岩石前。

據它所知，昌浩是在玉依公主那裡，而玉依公主是女巫，女巫通常是在神宮最裡面聆聽神的聲音。

海津見宮的最裡面就是北廂，但是小怪並沒有看到像是玉依公主的人，可見玉依公主在更裡面，而更裡面就是從北廂的地下，沿著石階再往更下面走的地方吧?

小怪把耳朵貼在牆上，傾聽傳來的震動聲。

確定跟地鳴不一樣，也不是很強烈。

「既然有海風，那會不會是波浪聲?」

小怪沉著地走下石階，耳朵往後垂下。

約莫數到第十下呼吸時，看到黑暗中浮現出朦朧的火焰，那是篝火。

看來，小怪的推測是對的。

再往下走，就看到齋坐在篝火間。

背對著小怪的齋一動也不動。小怪追逐她的視線望過去，看到一個穿著女巫服裝的

背影。
那應該就是玉依公主。
小怪這麼想，但很快就產生了疑問。
以女巫來說，她的生命力太薄弱了，簡直就像是快斷氣的人類。
難道是因為太靠近神了？愈靠近神，就愈可能散發出跟神一樣的神氣，而不是身為人類的靈力。
問題是……
小怪露出凌厲的眼神。
無論它再怎麼專注凝視，都看不出那樣的跡象。
環視周遭的小怪，在齋端坐的附近稍微後面一點的地方，看到一樣熟悉的東西。
小怪氣憤得瞪大了眼睛。
「這是……！」
它下意識的怒吼聲灌入齋的耳朵。
齋顫動一下肩膀，猛然轉過身來。

「你怎麼在這裡?!」

可能是太生氣了，女孩的聲音在顫抖，臉色也變得蒼白。

與她對峙的小怪表情也很可怕。

「這東西怎麼會在這裡？這是昌浩的香包！」

齋毅然對放聲大叫的小怪說：

「安靜點！公主正在祈禱……這是剛才掉落的。」

女孩撿起地上的香包，輕輕嘆了口氣。

「這東西既然這麼重要，就綁好一點嘛！這樣一下就鬆了。」

仔細一看，應該綁在脖子後面打結的地方，完全鬆開了。

小怪用後腳直立起來，拿回齋手中的香包。

看到它那麼俐落的動作，齋驚訝地眨著眼睛。

而小怪卻顯得劍拔弩張。

它咬牙切齒地低聲咆哮著。

「昌浩在哪裡？快告訴我。」

齋默不作聲。

小怪氣得明滅閃爍的眼睛頓時凝結了。

拿著香包的它，從白色異形變回了高大的身軀。

單膝著地的紅蓮眼光十分凌厲，齋被瞪得有點退縮。

紅蓮環視周遭。

沒看到平常老在威脅小怪和昌親的益荒、阿曇。

不會吧？

「你們把昌浩帶去哪裡了？」

面對小怪怒氣沖天的詢問，齋面無表情地說：

「我們治好了他的傷，所以請他幫我們一個忙。」

「什麼？」

紅蓮的金色雙眸熾烈地閃爍著。

齋回頭看著玉依公主說：

「我拜託昌浩去做我做不到的事。」

紅蓮愈來愈凌厲的眼神，貫穿了齋的臉頰。

「什麼意思？」

「我要背叛我的主人天御中主神一次，為了實現我的願望，我利用了昌浩的力量。」

絲毫不掩飾焦躁的紅蓮半恐嚇地說：

「我問妳這是什麼意思?!」

女孩緊緊抿住了嘴唇。

這時候，響起了地鳴聲。

紅蓮掃視洞內，發現聳立在玉依公主前方的三柱鳥居。

三根柱子的鳥居，是祭祀三柱之神所在的象徵。

天御中主神、高御產巢日神與神產巢日神被稱為「造化三神」，在這個國家的開天闢地神話中，是最古老的神。

三柱鳥居已經夠稀奇了，還大成那樣，怎麼看都不像是人類的力量搭建起來的。

齋瞥一眼驚愕的紅蓮，嚴肅地說：

「那是我們的主人天御中主神賜給玉依公主的鳥居，公主都是對著鳥居祈禱。」

又響起了地鳴聲，接著，地面微微震動。

雨聲與波浪聲逐漸混合在一起，其中還摻雜著不協調的恐怖地鳴聲。

這是個天花板挑高的空間，有風從某處吹進來，把篝火吹得斜斜搖晃著。

女孩回過頭，對滿臉懷疑的紅蓮冷冷地放話說：

「你走吧！不准妨礙玉依公主的祈禱。」

紅蓮傲然地頂了回去：

「告訴我，昌浩在哪裡？不說的話，我很有可能阻礙妳說的什麼玉依公主的祈禱。」

齋兇狠地瞪著紅蓮。

「你的無知會讓你犯下滔天大罪……」

「住口，小女孩，妳到底是要回答我的問題，還是不回答？」

被紅蓮如此毫不留情地恐嚇，齋有點受到驚嚇，但還是毅然地挺起胸膛回他說：

「我拜託他去幫我把內親王帶來。」

紅蓮一陣錯愕。

「妳說什麼……？」

小怪的陰陽講座

③在開天闢地時最先出現的神，分別為至高之神「天御中主神」、征服及統治之神「高御產巢日神」、生產之神「神產巢日神」，稱為「三柱之神」。在三柱之神後，又誕生了二柱之神，就是「宇摩志阿斯訶備比古遲神」與「天之常立神」，這五柱之神稱為「別天津神」。依《古事記》的記載，「神世七代」為：一，國常立尊；二，風雲野神；三，宇比邇神、須比智邇神；四，角杙神、活杙神；五，意富斗能地神、大斗乃弁神；六，淤母陀琉神、阿夜訶志古泥神；七，伊邪那岐神、伊邪那美神。

9

響起的這聲音，不可能有人聽錯。

然而，每個人都懷疑自己的耳朵，不相信會有這種事。

「縛縛縛，不動戒縛，神詔降臨！」

抱著脩子的男人瞬間被困住，不能動了。

不只如此，連在場的所有人都被「不動縛術」封鎖了。

不只虛空眾，連晴明、風音和六合都被困住，唯一倖免的只有飄浮在半空中的太陰。

在空中看著這一切的太陰，屏氣凝神地茫然低喃著：

「不會吧……怎麼會這樣？」

一時之間，她忘了要對付漆黑的鳥群，直到聽見刺耳的吼叫聲，她才慌慌張張地轉回視線，鳥群已經逼近眼前，她卯起勁來，將鳥群一舉擊落。

往下掉的鳥化成羽毛，瞬間飛散而去。全都是這樣，飄舞的羽毛會再產生變化，形成鳥的模樣，而且數量不斷增加，怎麼殺也殺不完。

在空中飛舞的東西都必須由太陰負責殲滅，要不然，晴明他們無法應付。現在她是唯一可以在空中飛翔的神將。白虎不在，她就要有負起一切責任的覺悟。

每次她都有這樣的決心，但是，目前絕對可以陪在晴明身旁、必要時還能成為晴明盾牌的神將，現場只有兩名。

那就是太陰與六合。除了他們兩人，沒有人可以保護晴明。

他們不只要保護晴明，還要保護彰子和脩子。

太陰邊忙著用龍捲風擊落不斷來襲的鳥群，邊拚命往下面看。

身材修長的年輕人輕而易舉地抱起了被困住的脩子。

「益荒，這邊。」

被叫到名字的年輕人抱著脩子縱身跳躍。

「唔……等等！」

低聲嘶吼的虛空眾使出全力破除了不動縛。由於靈力的連鎖作用，也解除了晴明與

風音、六合身上的束縛。
晴明冷不防地失去了平衡，虛空眾立刻乘機攻擊，就在他倒抽一口氣的瞬間，一個小小的身影滑進了他眼前。
刀印橫掃而過。
「禁——！」
剎那間形成的防護壁壘，把虛空眾彈飛了出去。
「……！」
晴明目瞪口呆，茫然地看著這一幕，心想：
他怎麼會在這裡？
「把內親王交出來！」
包圍益荒的虛空眾釋放出靈力，漆黑的野獸們便同時跳躍起來，在空中飛舞的鳥群也急速往下俯衝。
益荒威武地皺起眉頭。
水的波動洶湧起伏，吞沒了野獸，滾滾翻騰著。

「阿曇，撐住！」

阿曇看了他一眼，就在這時，真言響徹雲霄。

「南無瑪庫桑曼答吧沙啦旦，顯達馬卡洛夏達索瓦塔亞溫，塔拉塔坎曼！」

瞬間，覆蓋整個臨時住所的虛空眾結界粉碎四散。

充斥於屋內的靈氣發出琉璃破裂般的聲響，消失殆盡，漆黑的野獸與鳥群也全都解體潰散了。

原本被擋在結界外的雨又開始往下滴落。

「可惡！」

虛空眾放聲咒罵。

以他們的靈力層層交織而成的結界，竟然被這樣的小孩破除了。

其中一人揮舞著白刃衝上前去。

六合擋在前方，舉起銀槍迎戰。

銀槍抵住白刃，高高揮起，逼得虛空眾往後飛跳。六合保持距離，追上前去，虛空眾在著地的同時降低身體重心，又朝六合的胸口衝去。

六合扭動身體閃過白刃，邊濺起腳下的泥沫，邊拉開距離。

其他虛空眾又從另外兩邊進攻，六合不耐地咂舌時，聽到非常熟悉的聲音。

「臨兵鬥者，皆陣列在前！」

靈力爆開來。

不只虛空眾，連六合及正與敵人交戰的風音都被捲入了爆裂中。

在衝擊中勉強穩住腳步的六合確認風音沒事後，吁地鬆了一口氣，接著難以置信地四下張望。

為什麼？

剛才的法術不只針對虛空眾，也針對了他們幾個人。

爆裂消失後，四周又佈滿了雨聲。

所有人都呆若木雞。

「……」

全身僵硬地緊緊閉著眼睛的脩子，覺得自己被輕輕地放下來了。

剛開始淋到的雨，突然又被什麼擋住了。

「公主。」

害怕得一直閉著眼睛的脩子，肩膀微微顫抖著。

她記得這個聲音。

緩緩張開眼睛，看到一張純真的笑臉。

「啊……」

她不知道對方的名字，但曾經被這個人救過，她一直以為那次是在作夢。

但是，那樣的夢未免太真實了。如果是夢，應該會一天天逐漸遺忘，然而，那個夢卻隨著時間流逝而愈來愈鮮明，她好幾次都懷疑那真的是夢嗎？

就在她這麼想時，發生了可怕的怪物侵襲寢宮的事件。

那時候，她再度遇見了這個男孩。

脩子認識他。經歷了昨晚的驚恐，今天早上好不容易才稍微入睡時，也在夢裡見到了他。

「公主，有沒有受傷？有沒有哪裡痛？」

「我、我沒事……」

因為一直憋著氣，所以聲音一時出不來，喉嚨像凍結住，脩子費盡力氣才擠出聲音來。

「我沒事，我沒事。」

雨還下著，他卻笑得如太陽般燦爛。

「太好了。」

脩子嗯地點點頭。

他也曾經對很想見到母親的自己說：「嗯，好，我們回去吧！」

脩子像抽搐般顫抖著用力吸氣，臉皺成一團，伸出了手。

「……嗚！」

他緊緊摟住了投向自己懷抱的小女孩，一次又一次拍著她小小的背部，讓她平靜下來後，再把她抱起來。

就在他轉身離去時，太陰慘叫般地叫喚他：

「昌浩！」

他停下腳步抬起頭，視線與太陰交會。

眨眨眼睛後，他又拉開了視線。

太陰茫然地嘟囔著：

「你怎麼會……在這裡……？」

昌浩應該在京城，怎麼會出現在靠近伊勢的垂水山中呢？還有，怎麼會跟一直想來搶奪脩子的益荒和阿曇一起出現呢？

太陰慌忙飛下來。

「昌浩！昌浩，等一下！你為什麼……」

太陰驚愕地倒抽了一口氣。

倒在泥地裡的彰子搖搖晃晃地站起來。

再度滴落的雨水打在她臉上，沖去了臉龐的泥巴。

「昌浩……」

再次被叫住，昌浩停下了腳步，抱著脩子轉過身。

衣服上、頭髮上都是泥巴的彰子，簡直無法相信自己看到的情景。

「昌浩，為什麼……？」

彰子無法理解昌浩為什麼會在這裡？

但是，彰子很想見到他。

真的、真的很想見到他。這是勇敢面對自己體內的醜陋、骯髒等部分後，終於得出來的答案。

太陰落在彰子身旁，及時撐住了搖搖晃晃的她。她抓住太陰的手，試著讓無力的腳往前走。

然而……

昌浩卻轉向了益荒他們。

「走吧！齋在等我們。」

益荒的通天力量，包住了毫不猶豫地轉身離去的昌浩與脩子。阿曇的白髮高高揚起飛騰，四個人就在水波動的纏繞之下，瞬間消失了。

就跟出現時一樣，昌浩他們又像一陣風般離開了。

所有人都看呆了，沒有人追上去。

「可惡的益荒！」
虛空眾也怒不可遏地跟著離開。
「守直！」
臨走前，一名虛空眾打算給磯部守直最後一刀，但是，刀子被及時趕到的風音彈開了。
「啐！」
男人握著疼痛的手腕，瞪著守直說：
「我非殺了你不可，磯部守直！」
那是十分強烈的憎恨。
受了重傷的守直壓著傷口，奮力撐起了身體。
「公主……！」
風音大驚失色。
「你不能動！」
她撕開剛才脫掉的衣服纏住了守直的傷口，在那上面唸止血咒，傷口才沒有再繼續

惡化。

才剛鬆口氣，就聽到守直低聲叫嚷著：

「虛空眾……你們休想再殺我……」

風音訝異地皺起了眉頭。

她正想逼問怎麼回事時，六合摀住了她的嘴。她把視線轉向六合，看到黃褐色的眼眸在對她說「現在什麼都別問」。

六合轉移視線，風音也尾隨他的視線望過去，不禁心頭一震。

晴明正緩緩地走向彰子。

被昌浩拋下的彰子茫然地佇立著。

她花了好久的時間，才弄清楚剛才發生了什麼事。

「昌……浩……？」

她的確看見了昌浩。

昌浩也看見了她。因為聽見她的叫喚，昌浩才停下來，轉過身，他們四目交接了。

她正要走過去時，昌浩卻……

那雙眼睛……

淚水從彰子瞪得大大的眼睛滑落下來。

太陰不曉得該說什麼，只能緊握著她的手。

她的身體不停地顫抖著。

昌浩的確看到她了。但是望著她的那雙眼睛，卻像在看著不認識的人。

「彰子……」

晴明握起彰子的手，那雙手顫抖得好厲害。

從腳到肩膀，全身止不住地顫抖著。

昌浩面對著脩子的純真笑容，是他受傷前的那種笑容。

他復元了嗎？彰子這麼想，但是，昌浩卻直接從她前面走過去了。

撲通撲通狂跳的心臟急速奔馳著，她覺得體溫逐漸從手腳前端流失了。

因為打擊太大，心像颳起狂風般動盪飄搖。

彰子用顫抖的手掩住嘴巴，抽搐般地深吸一口氣。

「嗚……！」

她不相信、不願意相信，卻不得不承認。

昌浩眼中，沒有她的存在——

✦ ✦ ✦

遭遇攻擊時，磯部的神職人員全都躲在臨時住所內，屏住了氣息。

虛空眾應該是打算把這些人全都殺了，可以說是益荒他們的突然出現，阻撓了虛空眾的行動。

按常規，虛空眾會把見過他們的人統統殺死。所以即便最初的目標脩子已經被帶走，他們還是會再來殺人滅口。

「太陰……」

晴明叫喚因太過震驚而有點恍神的太陰。

「什麼事？晴明。」

太陰努力裝出開朗的聲音，晴明瞇起眼睛說：
「對不起……可以麻煩妳把所有神職人員都送去伊勢嗎？」
看到太陰目瞪口呆的樣子，晴明淡淡地說：
「聽說虛空眾不會讓目擊者活下來，所以即使現在公主被奪走了，他們也不能繼續待在這裡。」
「被奪走……？」
帶走脩子的是昌浩，說「被奪走」太奇怪了。
但是，晴明的表情沒有任何動搖。
「要盡快把他們送走，以免有危險。守直大人說，只要待在伊勢的結界裡，虛空眾就沒辦法出手。」
「知道了……」
太陰點點頭，靠向晴明說：
「我送他們回去後，就回京城。」
「太陰？」

晴明滿臉驚訝，太陰一本正經地對他說：

「我想回去確認……昌浩為什麼在這裡，還有那是不是真的昌浩……所以，晴明，你等我回來。」

說完，她轉頭看彰子一眼。

風音正在幫彰子清除沾滿頭髮的泥巴，這期間，彰子一句話也沒說，只是以淚洗面。

太陰看得好心痛，不知道要跟她說什麼。

剛才她哭著說好想見到昌浩。明明是自己選擇離開、是自己的決定，卻好想見到他。

——現在見到了，卻……

太陰緊緊握起雙拳。

「我走了……很快就會回來……」

「嗯，我等妳回來。」

太陰輕輕地點了點頭。

＊　＊　＊

脩子被昌浩牽著，一步一步地走下石階。

「小心走哦！」

昌浩親切地叮嚀她，還配合她的步伐慢慢走。

有個黑色團塊從脩子的懷裡滾落出來，但是她沒有注意到，因為她一心一意只想著要安全地下階梯。

喀喀喀的微弱腳步聲很快就被海風掩蓋，聽不見了。

兩人花了不少時間才走完階梯。

篝火燃燒著。

脩子眨了眨眼睛。

有個女孩站在那裡。

昌浩把脩子帶到女孩身旁後，就放開了脩子的手。

「昌浩……」
聽到低沉的叫喚聲，昌浩眨眨眼，轉過頭去。
有雙燃燒般的金色眼眸、身材修長的年輕人，神情凝重地佇立著。
「……」
昌浩目不轉睛地盯著他，那眼神像是在說「你是誰啊」。
齋對滿臉狐疑的昌浩說：
「辛苦你了，謝謝。」
昌浩淡淡一笑，搖搖頭，然後閉上眼睛，整個人便癱倒了下來。
「昌浩！」
紅蓮抱住倒下來的昌浩，連聲叫喚他。
「昌浩，喂，昌浩！」
「他只是任務結束，睡著了。」
紅蓮瞪著齋，咬牙切齒地說：
「妳說什麼……」

脩子嚇得縮成了一團，齋把手放在她肩上。視線飄忽四移的脩子，正在與恐懼交戰。

當視線落在某處，看到在一旁待命的阿曇時，脩子明顯地顫抖起來。

阿曇苦笑著拍拍益荒的肩膀，似乎在告訴他，這裡的事就交給他了。益荒默默地點了點頭。

阿曇一離開，脩子就鬆了一口氣。

看著這光景，齋轉向紅蓮說：

「昌浩還在療癒的沉睡中，卻答應幫我這個忙，事情就是這樣。」

一個深呼吸後，她轉過身去。

端坐在結界前的玉依公主文風不動。

齋注視著她的背影，淡淡地說：

「從現在起，我要背叛神了。」

聽到她的聲音時，紅蓮的背脊掠過一陣寒意。

語氣平淡的齋，視線沒有離開過玉依公主。益荒看著她，十分心痛似的垂下了眼睛。

在雨聲與波浪聲的混聲合唱中，摻雜著地鳴聲。

聳立著三柱鳥居的大海上，有金色霧氣從波浪間裊裊上升。

地鳴愈來愈強烈，漂浮在波浪間的霧氣也像是呼應般聚集起來，形成左右扭擺的高大模樣。

紅蓮倒抽了一口氣，那不就是……

「不會吧！」

金龍在三柱鳥居裡，張開血盆大口，瘋狂地暴動著，充斥著怨恨的眼睛直直盯著虔心祈禱的玉依公主。

「地龍……！」

不由自主地就要衝上去的紅蓮，聽到齋幾乎過度冷靜的聲音，頓時被拉了回來，愣在原地。

「我只有一個願望。」

金龍發出了咆哮聲，那是氣脈的化身「龍脈」完全失控的具體表現。

兇猛的咆哮聲迴盪繚繞著，跟雨聲、波浪聲和地鳴聲混合在一起。

空氣劈哩劈哩震盪，脩子蹲下來，閉上了眼睛。

齋直視著玉依公主的背影，屹立不動。

「我要給玉依公主死亡的安寧——」

一道黑色身影從神宮屋簷下飛了出來。

「哼……我才不會輸給這種小雨。」

拍著黑色翅膀的嵬低聲叫嚷著。

「我必須回到公主那裡……！」

風勢愈來愈強，跟雨相結合，阻撓著嵬的前進。

「可惡……這種風算不了什麼……！」

烏鴉奮力往前飛。

遠方響起轟隆隆的雷鳴聲，像是在追趕著烏鴉。

後記

延續前一集，仍在危機中。

大家近來可好？兩個月不見了，我是結城光流。

《少年陰陽師》第二十四集了④，相當於「玉依篇」的第四集。

首先，來公佈睽違已久的例行調查結果。

在《憂愁之波》終於有所變動的人氣排行榜，這次結果如何呢？

第一名是安倍昌浩，這位男主角很努力呢！漂亮地奪回了寶座。

第二名是十二神將之火將騰蛇，又名紅蓮。好可惜，上次只是短暫的榮耀。

第三名是怪物小怪，還是很受歡迎，總是保持在前三名。

之後依序是勾陣、六合、風音、爺爺、青龍、玄武、太陰、冥官、彰子、太裳、天后、天一、年輕晴明、成親、朱雀、脩子、白虎、章子、敏次、齋、獨角鬼、ASAGI、

結城。

雖然在《憂愁之波》那集被紅蓮搶走了第一名，但是，男主角又爭氣地奪回了寶座。這個男孩果然無論如何都會再站起來，希望他今後也是這樣。

紅蓮的榮耀好短暫……他可能再奪得第一嗎？還有，怪物小怪也可能有再榮登第一名寶座的一天嗎？

名次就靠各位的一票決定了。

想參加排名投票的人，請在來信的某處清楚寫上：「我投××一票」。說不定您的一票，會帶來戲劇性的逆轉呢！

期待您的來信囉！

接著，來聊聊我剛開始提到的「危機」。

在上一集我有寫到，電腦也面臨了「危機」（後來順利贏得對戰的勝利，資料完全轉移過去，現在電腦跑得很順暢），但這次的危機更嚴重。

危機的名稱是「人生首次中暑」，而且剛開始毫無自覺。

夏天很熱，每年都是這樣，而且我又是夏天出生，所以從來沒有熱倒過，但是，今年卻有點不一樣。

我並沒有感冒，熱度卻持續不退，覺得全身倦怠、很睏。

會不會是太累了？

我歪著頭苦思，不知道該不該在十月出版新書，煩惱到不能再煩，就找H部商量，結論是在目前的狀態下，如果不出版，讀者會很失望，所以還是決定出版，希望我好好加油。

既然要出版，就得寫稿，可是我自己也大吃一驚，根本沒辦法寫。

總之，燒完全不退，吃退燒藥也沒用，就是覺得很疲倦，休息也不見好轉。時間就在這種狀態下不斷流逝，我一心想著非寫不可，卻力不從心，振作不起來。

就這樣東摸摸、西晃晃，到了截稿日前，我還心浮氣躁地繼續趕著沒什麼進度的稿子。

在半夜裡，自從當作家以來，我第一次在電腦前面昏迷，幸好很快就醒了。但是，不只一次，後來又昏迷了第二次、第三次，我開始覺得不對勁了。

再怎麼樣都說不過去，居然會在工作時昏倒，我是怎麼了？到目前為止，不管我怎麼累、怎麼睏，都不曾像這樣昏迷過。

思索了一會後，我靈機一動，把退燒貼布貼在額頭上。

好像有舒服一點……這時才想到，這會不會就是經常聽說的「中暑」？

我在網路上大約查了一下「中暑」，發現症狀幾乎一致。

原來是中暑……！

這些症狀很容易被輕忽，但嚴重時足以致死，絕不能掉以輕心……！

可是，不管是中暑還是什麼，既然明天是截稿日，我就得寫稿。

我讓房間徹底冷卻，注意補充水分，貼退燒貼布，此外就只能專心敲打鍵盤，與時間奮戰。

勉強在截稿時間前寫完時，已經頭暈目眩了。完稿後打電話給H部，再把稿子寄去給她後，我就睡得不省人事了。

在八年的作家生涯中，我從來沒有趕稿趕得這麼累過。不是開玩笑，當時還真的想過要叫救護車呢！

幸好撐過去了，沒有叫救護車，不過，以後還是不能小看「中暑」這回事。

當時我補充了不少水分，但是後來才聽說不該補充一般水分，最好是喝某種藍色飲料（盡量避免專有名詞），所以我就去買了粉狀包裝。我有個親戚是護士，據她說，市面上販賣的液體藍色運動飲料必須以一比一的水沖淡，不然會太濃，所以一袋的粉狀包裝要用兩公升水沖泡。

後來還有人說可以舔鹽巴，我沒有嘗試過，不過想想也對，因為流汗就會流失礦物質。

我是入浴時非泡澡不可的那一派，最喜歡輕鬆地泡在微溫的熱水裡發呆，但是，這段期間都是泡冷水。

題外話，抓一把鹽撒在澡缸裡，有助於出汗，讓人神清氣爽。慢慢地把汗逼出來，會覺得體內的壞東西也跟著流出去了，所以我喜歡泡熱水。鹽巴是很好的淨化物，遇到什麼不好的事時，也都是撒鹽。可是，如果是可以自動加熱的浴缸，撒了鹽就會壞掉，千萬要注意。

我還買了貼額頭、貼身體的退燒貼布備用，但是每天的消耗量都很大，很快就用光

了，實在是……

對了，當時的食慾也大大降低了呢！回想起來，應該可以在惡化之前早點發現的。

真的很後悔，當時沒能早點發現。

這是今年夏天得到的最好教訓。因為我是夏天出生，所以一直以為自己不怕熱，看來並不是自己所想的那樣。人不管到幾歲，都會發現自己不知道的自己。

後來，我跟H部之間達成了一項協議。

那就是不管舉辦任何活動，都不要選在夏天。

夏天本來就容易搞壞身體，我們彼此在心底發誓，以後夏天絕對不安排這麼緊湊的進度。

在身體狀況這麼差的夏天，最教人傷心的就是體重沒有任何改變，為什麼不能多少降一點嘛！

儘管狀況這麼糟，還是能完成工作，都要感謝讀者們寫給我的信，謝謝你們。

奇怪的是，每次我好不容易康復時，不知道為什麼就會換H部不舒服。我甚至懷疑，病魔是不是輪流來糾纏我們兩人。

這種時候，如果可以請昌浩或爺爺幫我們做病癒祈禱，說不定很快就能好起來了。要是有紅蓮待在旁邊，恐怕不做什麼也會很熱吧！我知道了，所以他才會變成小怪的模樣（我想絕對不是因為這樣）。總之，我這個夏天真的敗給「熱」了，熱到這樣胡思亂想。

對了，八月是我的生日，所以收到很多祝賀的留言和卡片，還有從台灣寄來的呢！讓我大吃一驚，也謝謝你們！

這本書出版時，天氣應該已經轉涼了，所以我的身體應該也康復了。不過，今後要更小心看好自己的健康才行，因為不只有小說要寫。

是的，不只小說。

從十月十日發行的《BeansA》Vol.16開始，要連載全新創作的漫畫。

漫畫名是《曉之誓約》，由我撰寫原作，松尾葉月繪，她雖然還是新人，但是畫風充滿躍動感，非常善於處理武打畫面。

這是我的第一部西洋科幻作品，以世界最盡頭的艾陵島為舞台，主角是與邪神戰鬥

的聖戰士與祭司男孩。

故事的架構是來自「凱爾特神話」，可是，隨著故事進展，可能有人會問哪像凱爾特？是味道像凱爾特，沒錯，重要的是味道。

私下告訴大家，我最推薦的不是少年騎士克爾，也不是少年魔法師賽伊，而是鳥兒。

就像少陰的主角是少年陰陽師，我推薦的卻是小怪那樣；這部作品的主角雖然是騎士與魔法師，我推薦的卻是鳥兒。鳥兒真的太可愛了。

就跟我當時看到小怪一樣，第一眼看到鳥兒，我就被擊敗了。吉祥物真的很重要。總之，可愛得不得了，大家一定要看鳥兒。

這樣口口聲聲說著「鳥兒、鳥兒」，會被負責漫畫的Ｓ川罵：「主角是人類，不要開口閉口都是鳥兒嘛！」所以我要克制、克制。

我已經看過第一話的畫稿，雖然是自己寫的故事，還是看得很開心。我已經有過很多次作品被視覺化的經驗了，但每次都這麼興奮。

接到「要不要替漫畫寫原作」的邀約時，我只覺得好像很好玩，沒有想太多就接下來了。後來才發現，替漫畫寫原作，除了原作截稿日外，還增加了漫畫截稿日。
咦，我發現得太晚？不、不，是編輯的手腕太好，讓我沒想到這一點。
截稿日前總是忙得人仰馬翻，但是，創作還是很好玩的一件事。《曉之誓約》跟《少年陰陽師》是完全不同的世界、不同的角色，感覺很新鮮。
希望大家可以早點看完，再告訴我感想。
我寫的時候寫得不亦樂乎，希望讀者看的時候也看得不亦樂乎。
《曉之誓約》從十月十日發行的《BeansA》開始連載，除了《少年陰陽師》外，請大家也多多關照這部漫畫。⑤

前幾天，我去看了六十年一度的大盛典。
地點在島根縣。光是這麼說，可能就有人知道是什麼盛典了。
在酷暑中，我參加了出雲大社的正殿特別參觀行程。
好不容易有機會進入國寶正殿，我怎能不去呢？錯過這次，即使能活到下次遷宮的時候，既不知道能不能靠自己的腳走去，也不知道還能不能有參觀的機會。

聽說黃金週假期時，隊伍排得很長，起碼要等四小時，所以我早早作了心理準備。幸好可以先申請號碼券，所以沒排太久就參觀到了。

可以進入平常只能從外圍往裡看的正殿，真的好興奮。

我就在國寶裡呢……！

我邊環繞正殿，邊俯瞰從籬笆外往這裡看的參觀人群，沉浸在「我平常也是站在那裡」的感慨中。

天花板上的畫作深深烙印在我眼底。在百感交集中，我慢慢走下樓梯，揮去滿滿的不捨，離開了正殿。

之後，因為朋友有駕照，我們就租了車，去看看那個神社、這個神社，反正就是在神社繞來繞去。

最近神社都會幫客人蓋章，看著章一個個增加，好開心。在須我神社抽籤時，我抽到了大吉，有種大受神社歡迎的感覺。

天氣還很熱，三點過後卻聽到了秋蟬的叫聲，跟晚上還聽得到夏蟬唧唧鳴叫的東京不一樣，讓我非常驚訝，然而確定真是這樣後，又有點惆悵。儘管陽光強到幾乎把人烤焦，不過只要躲到樹蔭下，還是很涼快。在東京，柏油路會吸收熱氣，所以即使躲到樹蔭下，也不覺得涼快。

待在島根的三天兩夜中，一天之內就逛完了日御碕神社與美保神社，這都要感謝車子，以及有駕照的朋友。

我們不但去泡了玉造溫泉，還吃了手掌大的生蠔、喝了日本酒「八岐大蛇」、三更半夜跑去看了宍道湖，真是愉快的出雲之旅。

以前我曾經吃過貽貝，差點死掉，從此再也不敢吃生蠔，但是這次的生蠔真的很好吃，也因此讓我克服了對生蠔的恐懼，很感謝出雲。

京都是好地方，出雲也是，希望一年可以去一次。

想去的地方還有很多。不只國內，也想去《曉之誓約》的舞台愛爾蘭島。對了，在第三集後記提到的愛爾蘭之旅時⑥，已經有大部分的故事架構了。

現在再去，應該會浮現跟那次不一樣的靈感。

我每個月還是會去一次京都，去爺爺那裡、高淤神那裡。

還要去哪些地方，就看當時的心情了。

有時候會買醬菜回家，可是我愛吃的東西都不能放太久，所以我就拚命地吃，不是當成小菜，而是當成主菜……

反正很好吃，沒關係。

「玉依篇」的主題是「心的創傷」。

那麼，什麼叫心的創傷呢？為什麼會受這樣的傷呢？該如何克服呢？我自己也做過種種調查，但我畢竟是外行人，能知道的還是有限。

所以，我請教了這方面的專家，聽說了種種案例。

譬如，有很多人到了四十歲、五十歲，還是會因為小時候或青春期受到的創傷而飽受折磨，形成惡性循環。

譬如，霸凌事件的根本原因，幾乎都在於被霸凌的人的心靈創傷。

譬如，不能找到自我價值的人，就會老是說「像我這樣的人」。

其他還有很多案例，但是說下去既沒完沒了，又很專業，有興趣的人可以自己去查資料。

無論如何，拋下心靈創傷不管的話，心就會扭曲變形，產生負面形態，再也走不出去了。

但是，即使受了傷，只要勇敢面對、治好傷口，就能迎接更美好的成長，這也是不爭的事實。

昌浩這次的表現很不錯。

彰子也勇敢面對自我，從中得到了某些收穫。

終於越過了最困難的階段，我也替他們鬆了一口氣。

若能依計畫行事，「玉依篇」在下一集就結束了。

主題特別沉重，所以完結時難免出現贊成與反對兩種意見。我正在腦裡作總結，希望找出可以說服自己的完結方式。

又沉重、又陰暗，真的很對不起大家，但還是請大家再陪我走完一小段路。

對了，年輕晴明完全沒有出現，我卻一直有種在寫年輕晴明的強烈感覺，後來才想到，我正在《The Beans》雜誌寫年輕時候的晴明。

請務必來信告訴我，關於陰陽師或《曉之誓約》的感想。這是我執筆的動力，因為

有各位的聲音，我才能繼續寫下去。
那麼，下一本書再見了。

結城光流

小怪的陰陽講座

④不將外傳《歸天之翼》算在內的話，是第二十四集。

⑤《曉之誓約》現在也已經出了中文版哦！

⑥見《少年陰陽師》第三集《鏡子的牢籠》第兩百三十六、兩百三十七頁。

篁破幻草子

貳 狂神覺醒 ちはやぶる神のめざめの

9月
即將出版

天下第一美男！閻王第一奇將！
小野篁傳説第二彈勁爆出擊！

被囚禁於仇野數十年的狂神「朱焰」，封印竟然被小野篁解開了！為了向世人報復，朱焰開始到處散佈瘴氣、製造災禍，正如他的名字，他詛咒人們、詛咒京城，企圖燒光這個世界！篁和死忠的好友融是否能守住京城，保護自己所愛的一切呢？

Mitsuru YUKI 2002 ●中文版書封製作中

〔玉依篇〕高潮結局！
真相如此驚人，也如此傷人！

益荒把昌浩帶去見玉依公主，是為了療癒他的心靈創傷，然而，玉依公主卻在祈禱中用盡力氣，眼看氣脈化身而成的金龍就要再次暴動起來！為了挽回神的力量，昌浩與紅蓮聯手大戰金龍，試圖砍斷纏繞著地御柱的邪念，就在這時，他竟然看到了完全出乎意料之外的——「真正」的敵人……

Mitsuru YUKI 2009 ●中文版書封製作中

篁破幻草子

壹 仇野之魂

已出版
好評熱賣中

是誰這麼厲害？不只妖魔鬼怪，
連安倍晴明和十二神將都怕他！
腰佩神刀「狹霧丸」、手拿魔弓「破軍」，
雙面冥官小野篁傳奇登場！

所謂深仇大恨，
將讓死者不得平息，生者驚擾不安。
若能早些放下怨念，一切是不是就會不一樣？……

平安京最近一點也不寧靜，傳聞每到晚上，就有一名妖豔女子四處出沒襲擊年輕貴族，要不是有個全身漆黑的「鬼」適時現身相救，受害者就沒命了！官拜少將的橘融也帶著手下加入夜巡，卻真的遇見了那個妖女，想逃又逃不了，融以為自己死定了，就在這時，傳說中的「鬼」出現了，並一舉消滅掉所有餓鬼！融在恍惚之間，終於看清了「鬼」的真面目——眼前這個眼神凌厲、手拿寶刀的「鬼」，竟然就是從小一起長大、那個笑容迷死人的麻吉小野篁！……

少年陰陽師

貳拾貳 無懼之心

神秘敵人作祟？鴨川即將潰堤！
平安京面臨全城淹沒空前危機！

因為太過珍惜，反而太怕失去；
因為渴望無與倫比的堅強，反而變得脆弱。
想要成為真正的勇者，
你得先明白自己畏懼的到底是什麼！

回到平安京，感覺像是回到了一切的原點，但是安倍昌浩卻總覺得心頭沉甸甸的，好像有什麼地方不一樣了。
難道是因為這陣子京城每天都陰雨不斷的緣故嗎？說來真的很奇怪，竟然連一向神通廣大的高龗神都只說會「努力嘗試」來阻止這場雨，莫非連掌管雨水的祂對此都無能為力？而皇宮上方那片佈滿了奇異漩渦的扭曲天空，又與下個不停的雨有什麼關係？
為了一探究竟，昌浩和小怪再次大膽地闖進皇宮，卻在供奉神器「八咫鏡」的宮殿裡，遇到了一個來歷不明的白髮女人，她既非妖也非神，不但裝扮與十二神將很像，更可以利用雨水展開攻擊！昌浩不禁想起高龗神說過的：「最好早點集合……人手愈多愈好！」深不可測的強大對手、令人憂心的神秘異象，而這一切，似乎都是針對著皇宮而來……

少年陰陽師

貳拾叁 憂愁之波

天崩～地裂～金龍現身！
這是上天的預兆？還是人為的警告？

憂愁令人不安，甚至喪失理智，
這是最大的難關，卻也是最重要的試煉！

連續下了一個多月的大雨，不但遮蔽了陽光，更讓流貫平安京的鴨川多次潰堤，而且一回比一回更嚴重。此時，突然一陣天搖地動，發生了百年來罕見的大地震！駐守堤岸的官員在驚嚇之餘，看見自滾滾急流中，竟然躍出了一條金色巨龍！

又是暴雨，又是地震，人們不禁偷偷猜測是不是皇上做了什麼事，惹得神明不高興了？卻不知道，皇上正為了從遙遠的伊勢傳來的神詔而憂心不已。神說，為了使陽光重回大地，必須讓年幼的脩子公主遠赴伊勢。天意不可違抗，但是眼看愛女這一去，也許再也無法回來，幾經思考之後，皇上決定要晴明帶著家裡那位「遠親的女兒」，陪公主一起去伊勢，而那位「遠親的女兒」，就是彰子！

彰子要去伊勢？不行，和彰子的「螢火蟲之約」都還沒實現呢！昌浩絕不要再跟彰子分開！他下定決心，為了阻止大雨、終止地震，為了守護自己心愛的人，就算要斬斷龍脈，他也在所不惜！

少年陰陽師

貳拾肆 寂靜之瞬

神所掌管的世界，
將被昌浩內心的黑暗力量摧毀？！

真正的平靜，不是人生無風無雨，
而是來自受了傷之後，
能夠坦然面對痛楚、重新站起來的堅定心意！

昌浩快要爆炸了！他不但沒保護彰子，反而讓她為了自己受到傷害，內疚與打擊形成了壓在昌浩心頭的重擔，體內的天狐之火更隨時都會爆發！
晴明雖然擔心就快崩潰的孫子，但聖旨難違，他還是得帶著彰子出發。半路上卻遇到一群靈力高強的蒙面人偷襲，危急之際，彰子忍不住向遠方的昌浩呼救！
此時，昌浩其實也正在趕路。原來晴明他們離家後不久，昌浩便接到了一份秘密聖旨，下令昌浩和哥哥昌親一同前往伊勢，協助晴明。就在昌浩感應到彰子求救的同時，眼前出現了兩個人，而其中一個正是曾與他們在宮中交手的白髮女人！然而這一次，白髮女人並沒有出手，只聽見另一名外型很像神將的男子開口說：
「安倍昌浩，我們主人和玉依公主在召喚你，跟我們走吧！在你還沒有被黑暗囚禁之前……」

降妖伏魔【窮奇篇】

壹 異邦的妖影

繼《陰陽師》後最熱門的奇幻冒險故事！
已改編成漫畫、動畫、有聲書和廣播劇！

大陰陽師安倍晴明的十三歲小孫子昌浩天生擁有可與祖父匹敵的強大靈力，個性不服輸的他，立志要成為超越晴明的偉大陰陽師！在小怪的守護下，昌浩努力地修行著。一天，後宮突然沒來由地發生了一場大火，而昌浩與小怪竟察覺到一股極不尋常的妖氣……

貳 黑暗的呪縛

日本亞馬遜網路書店五顆星最高評價！

為了尋找擁有純潔靈力的左大臣之女彰子，噬食她的血肉以治癒身上的傷口，異邦大妖怪窮奇率群妖悄悄潛入平安京，而只有昌浩識破了它們的形跡！經過了一番生死激鬥，妖怪們元氣大傷，被昌浩逼回了暗處。然而，此時卻出現兩隻怪鳥妖，向窮奇獻上了奸計……

叁 鏡子的牢籠

安倍昌浩VS.大妖魔窮奇的最終決戰！

經過一場天崩地裂的激烈大戰後，昌浩終於救出了彰子，然而窮奇卻率領著手下神秘消失了。就從這時候開始，京城發生了許多人無緣無故失蹤的「神隱」事件，昌浩懷疑他們是被異邦的妖怪抓走的！為了查出真相，他夜夜和小怪一起尋找窮奇的蹤影。此時，卻傳來了彰子即將入宮的消息……

驚濤駭浪【風音篇】

肆 災禍之鎖

全系列熱賣衝破400萬冊！

在與異邦大妖魔窮奇的決戰之後，昌浩重回當個菜鳥陰陽師的日子。可是他卻被同僚排擠，吃足了苦頭。就在這個時候，藤原行成大人突然被怨靈糾纏，命在旦夕，而晴明的占卜中更出現了詭譎的黑影——原來，怨靈的背後有一個靈力強大的神秘術士在操弄這一切……

伍 雪花之夢

十年前企圖殺害昌浩的神秘主謀再度現身！

自從異邦的妖影被消滅之後便未再現身的高龗神，某日卻無預警地再次附身在昌浩身上，離去前還留下了一句話：「最近恐怕又會有事發生……」被高龗神附身的事，昌浩毫不知情，他更煩惱的是自己消滅了怨靈後，開始每晚做惡夢，夢中有個陰森的東西纏住了他！……

陸 黃泉之風

風音的身世之謎終於揭曉！

被六合救回一命的風音，完全不知道自己差點被宗主害死。為了幫助他開啟「黃泉之門」，風音在京城各處打通了許多連接黃泉的瘴穴。混濁的瘴氣不但讓妖怪變成了噬人怪物，從中吹出的黃泉之風更遮蔽了代表帝王的北極星，凡是與皇室有關的人都被下了死亡的詛咒……

柒 火焰之刃

該殺了紅蓮，解放他的靈魂？還是什麼也不做，眼睜睜看著他被瘴氣所吞噬?!昌浩做出了第三種選擇……

在宗主的指使之下，風音用縛魂術控制了紅蓮的心神，使他完全陷入瘋狂，甚至想要殺了昌浩！原來，宗主的真正目的是要得到紅蓮，利用他的血破除神明封印，然後率領黃泉大軍一舉入侵人間！為了再一次阻止宗主，高龗神賜給了昌浩「弒神的力量」……

血脈揭密【天狐篇】

玖 眞紅之空

昌浩雖然被奶奶若菜救回了一命，卻失去了身為陰陽師絕不能少的靈視能力！儘管如此，看不到鬼神的昌浩卻仍然看得見紅蓮變身的小怪，只是小怪的態度非常冷漠——喪失了過往那一段記憶的小怪，甚至連昌浩的名字都忘記了……

拾 光之導引

安倍昌浩和大哥成親、眾神將一起從出雲啟程回平安京，沒想到才剛回京，就面臨了前所未見的衝擊！一向身體硬朗的祖父晴明竟然臥病在床！難道晴明的大限快到了？昌浩一心一意記掛著祖父的安危，卻沒發現在暗處有對鉛灰色的眼睛正冷冷看著這一切……

拾壹 冥夜之帳

為了殺死天狐晶霞，邪惡的天狐凌壽故意攻擊晴明，引誘晶霞現身。還在病中的晴明因此變得更加虛弱，只要再用一次離魂術，他就會死！就在這時，神秘和尚將矛頭指向了昌浩！眼看孫子有了生命危險，晴明顧不得自己的性命，決定再用最後一次的離魂術……

拾貳 羅刹之腕

曾經一度瀕死的晴明總算天命未盡，但卻因為傷勢太重而昏迷不醒，靈魂無法回歸肉身。再這樣下去，他的魂與魄很可能會分離，甚至再也回不來！然而，「離魂術」只有晴明自己才能解除，連法力高強的十二神將都束手無策……

拾參 虛無之命

在章子內心愈積愈深的怨恨，讓羅刹有機會趁虛而入，將她變成了惡念的化身，更波及了彰子。彰子因此強忍窮奇詛咒的折磨，代替章子進入了皇宮寢殿！而為了陷入昏迷的祖父晴明，昌浩必須趕快找到天狐凌壽，取得天珠以延續晴明的生命……

生死極限【珂神篇】

拾伍 蒼古之魂

大鬧京城的異形羅剎和天狐凌壽被消滅之後，昌浩終於過起了平靜的生活，可是一個不祥的夢兆卻打亂了一切！在黑暗的夢境中，他看見無數詭異的紅色光芒，光芒的背後有火焰熊熊燃起，令他感到毛骨悚然。這真的只是夢嗎？還是陰陽師的預感？……

拾陸 玄妙之絆

自稱是「跟隨這片大地真正王者」的神秘人物真鐵，竊取道反大神之女風音的遺體，植入了自己的靈魂，任意操縱風音強大的靈力，連最強的鬥將紅蓮也敵不過！昌浩遭到真鐵和妖狼的無情攻擊，陷入垂死邊緣，身受重傷的神將們只能眼睜睜看著他被真鐵帶走……

拾柒 眞相之聲

昌浩被真鐵運用風音的靈力殺成了重傷，一度昏死了過去，幸虧遇到了一個叫「比古」的少年把他從鬼門關前救了回來。年紀相仿的兩名少年一見如故，感覺很投合，沒想到，當兩人再次相見時，卻發現彼此是對立的敵人！……

拾捌 嘆息之雨

茂由良死了！珂神比古最忠實的夥伴、最親密的好友茂由良，被神將勾陣的筆架叉殺死了！然而，望著眼前這具僵硬的軀體，珂神卻只是露出冷冷的微笑，還有那冷冷的眼神……不，那不是茂由良最喜歡的珂神——彷彿突然之間，珂神比古變成了另一個人！……

貳拾 無盡之誓

過去的一切，由此開始，未來的一切，也將在此結束——在荒魂為了毀滅這世界而甦醒的山峰下，在九流族充滿不甘心的怨恨中，在多由良、茂由良兄弟相挺的情義中，在刺穿彰子胸口的那把無情刀刃上！……

國家圖書館出版品預行編目資料

少年陰陽師.貳拾伍.失迷之途 / 結城光流著；涂愫芸譯. -- 初版. -- 臺北市：皇冠, 2011.07
面;公分. --(皇冠叢書；第4113種　少年陰陽師；25)
譯自：少年陰陽師　迷いの路をたどりゆけ
ISBN 978-957-33-2819-3(平裝)

861.57　　100010761

皇冠叢書第4113種
少年陰陽師 25

少年陰陽師——
失迷之途

少年陰陽師
迷いの路をたどりゆけ
Shounen Onmyouji ㉕ MAYOI NO MICHI WO TADORI YUKE

作　　者—結城光流
譯　　者—涂愫芸
發 行 人—平雲
出版發行—皇冠文化出版有限公司
台北市敦化北路120巷50號
電話◎02-27168888
郵撥帳號◎15261516號
皇冠出版社(香港)有限公司
香港上環文咸東街50號寶恒商業中心
23樓2301-3室
電話◎2529-1778　傳真◎2527-0904
出版統籌—盧春旭
責任編輯—丁慧瑋
版權負責—莊靜君
日文編輯—蔡君平
美術設計—吳欣潔
行銷企劃—李嘉琪
印　　務—江宥廷
校　　對—邱薇靜・陳秀雲・丁慧瑋
著作完成日期—2008年
初版一刷日期—2011年7月

法律顧問—王惠光律師

讀者服務傳真專線◎02-27150507
電腦編號◎501025
ISBN◎978-957-33-2819-3
Printed in Taiwan
本書特價◎新台幣199元/港幣67元